은혜상단 막내아들

은해상단 막내아들 12

초판 1쇄 발행 2024년 5월 31일

지은이 ㅣ 향란
발행인 ㅣ 최원영
편집장 ㅣ 이호준
편집디자인 ㅣ 최은아
영업 ㅣ 김민원 조은걸

펴낸곳 ㅣ ㈜ 디앤씨미디어
등록 ㅣ 2002년 4월 25일 제20-260호
주소 ㅣ 서울시 구로구 디지털로32길 30 코오롱디지털타워빌란트 1301-1308호
전화 ㅣ 02-333-2513(대표)
팩시밀리 ㅣ 02-333-2514
E-mail ㅣ papy_dnc@dncmedia.co.kr
블로그 ㅣ blog.naver.com/gnpdl7

ISBN 979-11-364-5386-0 04810
ISBN 979-11-364-4602-2 (SET)

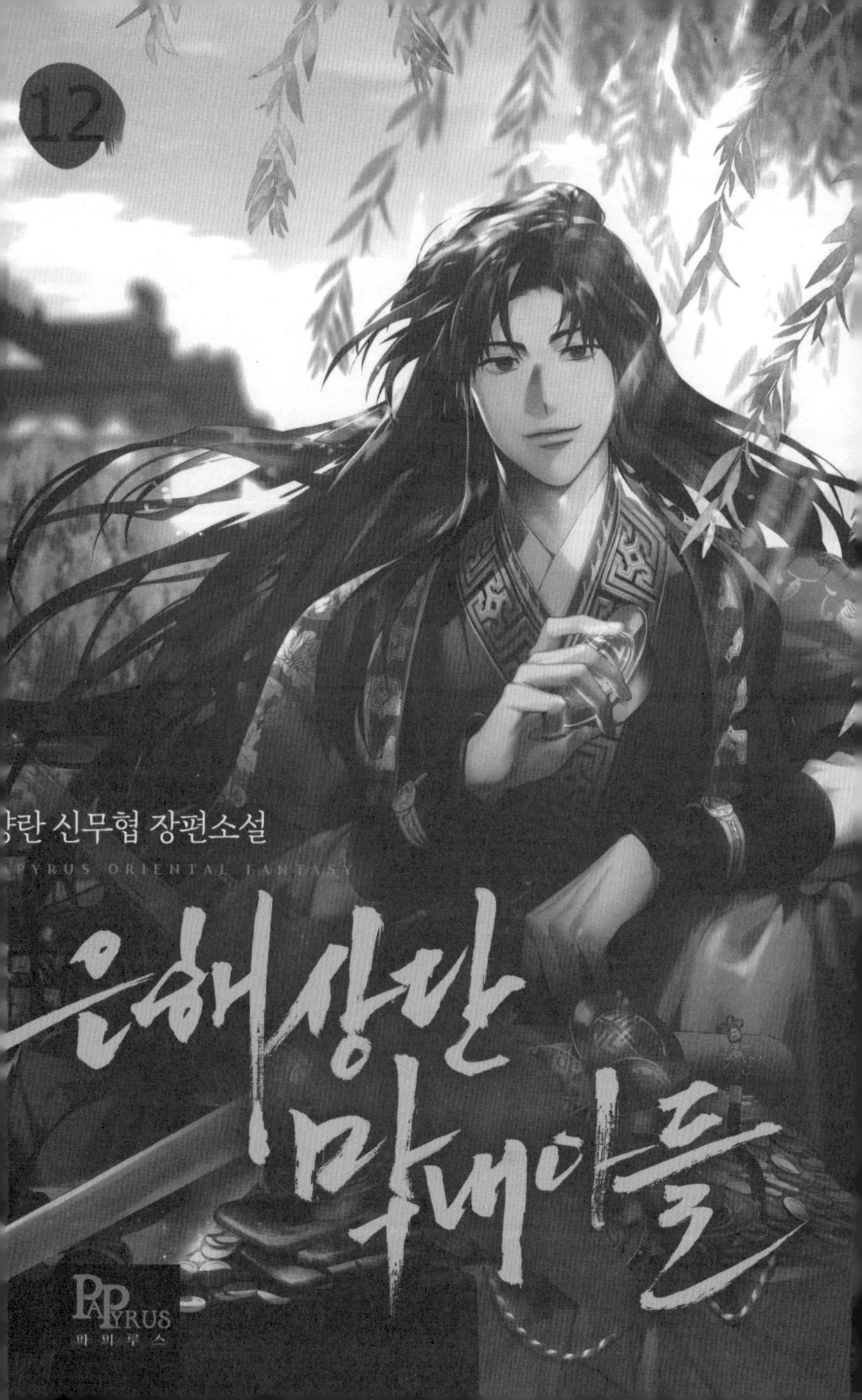
12
란 신무협 장편소설
PYRUS ORIENTAL FANTASY
은해상단 막내아들
PAPYRUS
파피루스

58장. 초전박살

초전박살

솔직히 말해서 나는 상인이지 자선가가 아니다.

그리고 상인은 절대 밑지는 장사는 하지 않는다.

내가 지금 만숙 관생에게 은혜를 베푸는 건 그를 온전히 내 사람으로 만들기 위함이다.

행화학당 학당주와 만숙 관생의 스승이 말했다. 그는 합격하는 방법을 안다고.

그 말은 즉, 요령이 있다는 의미다.

단순히 머리가 좋은 것과 요령이 있는 건 다르다.

이전 삶에서 확실하게 느꼈다.

단순히 머리가 좋은 이들보다 요령이 있는 이들이 더 좋은 결과를 내고, 더 높이 올라갈 가능성이 크다는 것.

그리고 만숙 관생은 역시 내가 무엇을 원하는지 정확하게 알아차렸다.

"그럼, 진지하게 이야기를 나누어 보도록 합시다."

"네."

아무래도 이곳에서 할 만한 이야기는 아니다.

"조용히 이야기할 만한 곳이 있습니까?"

내 물음에 옆에 서 있던 윤벽 관생이 말했다.

"이 근처에 조용한 다루가 있습니다."

"그곳으로 가면 되겠군요."

나는 팔갑과 서우 무사에게 놀랐을 안주인과 아이들을 보살펴 주도록 부탁하고 인근의 다루로 향했다.

그의 말대로 조용한 다루였다.

"사실, 이 다루…… 차가 맛이 없거든요. 그런데 다루 주인이 건물주인이라서요……."

무슨 사정인지 알 듯했다.

"그래도 조용하고 한적해서, 이런저런 대화가 필요할 때 종종 오곤 하죠. 저희 아버지도 이곳을 이용하시고요."

"실례지만, 춘부장께서는 무슨 일을 하십니까?"

"배가 좀 많으십니다."

"그렇군요."

쉽게 말해 장원의 장주 같은 위치라는 뜻이다.

그런 인물이 이용한다는 건, 정말로 조용히 대화를 나누기 좋다는 뜻이겠지.

우리는 적당한 차를 주문했고, 잠시 후 차가 나왔다.

나는 차를 한 모금 마셨다.

윽!

윤벽 관생의 말대로, 진짜 맛이 없었다.

하지만 여기에 차를 마시러 온 것은 아니니 상관없다.

"만숙 관생."

"네."

"저희 은해상단의 권학제도는 그 본인에 한해서 지원합니다. 하지만 생각해 보니 그 주변을 둘러싼 상황이 어려운데 본인만 지원하면 무슨 소용인가 싶더군요."

나는 만숙 관생을 바라보았다.

"그래서 생활을 지원하는 제도를 만들 생각입니다."

"생활을 지원한다고 하시면……."

"본인의 학비와 생활비만이 아니라, 가족을 위한 집과 생활비까지 지원하는 겁니다."

나는 말을 이었다.

"현재 만숙 관생의 숙모와 동생들이 사는 집은 임대 형식으로 하겠습니다. 그리고 일 년에 은자 서른 냥의 생활비를 지원하겠습니다."

"그 대가가 제 충성이라는 겁니까?"

"그렇습니다. 이 모든 건 만숙 관생이 저에게 충성을 다한다는 전제하에 지원되는 겁니다."

물론, 권학제도를 통해 많은 관생들을 우리 은해상단에 우호적으로 만들었다.

하지만 그 이상의 효과, 즉 충성이나 무조건적인 도움이 필요할 때가 있어서 고민하던 중에 만숙 관생의 사정을 알게 된 것이다.

즉, 서로의 필요를 채워 주는 계약인 것이다.

"우선, 과거에서 합격하는 것이 먼저입니다. 그리고 최대한 높이 올라가십시오."

나는 말을 이었다.

"어떻습니까? 할 수 있겠습니까?"

"그리 어려운 일은 아닙니다."

그의 얼굴에는 자신감이 넘쳤다.

그렇게 세부적인 것에 대해 조율을 했다. 만숙 관생이 관직에 오른 후에도 지원을 받는다면 뇌물이 될 가능성이 크다.

하여 관직에 오르기 전까지 넉넉히 지원하는 식으로 일종의 눈속임을 하는 과정이었다.

그렇게 논의를 마치고 다시 만숙 관생의 숙부댁, 아니이제는 내 소유가 된 그 집으로 향했다.

"우렐레렐!"

"하하하하!"

"까르르르!"

팔갑은 아이들과 놀아주고 있었는데, 확실히 다재다능했다.

아이들은 언제 울었냐는 듯이 웃으면서 팔갑과 놀고 있었기 때문이다.

다만, 만숙 관생의 숙모와 좀 머리가 굵은 몇몇 아이들만 불안해하고 있을 뿐.

"오셨습니까?"

서우 무사가 나에게 고개를 숙였다.

"별일은 없었습니까?"

"네, 특별한 일은 없었습니다."

나는 고개를 끄덕였고, 만숙 관생에게 말했다.

"숙모님께 상황을 말씀드리세요."

내 말에 그는 숙모에게 다가갔고, 자초지종을 설명했다.

"그렇게 해서, 이 집에서 계속 살 수 있게 되었습니다."

"그럼 나도 이 집에서 살 수 있는 거니?"

"물론입니다. 숙모님."

"네가 우리를 살렸구나!"

만숙 관생이 말했다.

"아닙니다. 숙모님께서 저와 동생들에게 베풀어 주신 은혜가 있는데 이를 어찌 모른다고 하겠습니까. 숙모님은 제 어머니와 다름없으십니다. 그러니 앞으로도 어머니로 모시도록 하겠습니다."

"고맙다. 정말 고마워."

사실 숙부가 만숙 관생과 동생들을 거두기로 했다지만, 사실상 가장 고생하는 건 그녀다.

식사를 차리고, 빨래를 하는 등 아이들을 돌보는 것은 숙모였으니까.

하지만 그녀는 그간 불평 한 마디 없이 아이들을 알뜰

살뜰 보살폈다고 한다.

그 보답을 지금 돌려받는 것이다.

"그런데 숙모님. 지금 숙부님께서는 어디에 계십니까?"

"나도 잘 모르겠구나. 일거리를 구했다면서 어제 나가기는 했는데……."

"제가 한 번 찾아보겠습니다."

"저희도 같이 찾아보죠."

이야기가 그렇게 진행되자, 윤벽 관생이 손을 들었다.

"저는 잠시 아버지를 뵙고 오도록 하겠습니다."

"그렇게 하십시오."

나는 만숙 관생과 함께 집을 나섰고, 만숙 관생의 숙부를 찾기 시작했다.

그리 크지는 않은 바닷가 마을이었기에 어렵지 않게 만숙 관생의 숙부의 행방을 알 수 있었다.

그렇게 수소문해서 찾아간 곳에서, 땀이 범벅이 된 채 그물을 고치고 있는 남자를 발견했다.

"숙부님!"

"어? 수, 숙아 아니냐?"

"여기서 뭐 하고 계시는 겁니까?"

"그, 그게…… 이제 곧 출항이라서 준비를 하고 있었다."

그때 옆에 있던 한 거한이 소리쳤다.

"바쁘다니까 뭔 잔소리가 그리 많……."

그는 나를 보더니 움찔했다.

"누, 누구십니까?"

아무래도 내가 입은 옷을 보고 그러는 듯했다. 이래서 보여지는 것에 신경 쓰지 않을 수가 없다니까.

내면이 중요하다고는 하지만, 사람들은 겉으로 보이는 것에 더 신경을 쓰니 말이다.

"은해상단에서 왔습니다."

"은해상단은 또 어디…… 헉! 그, 작풍기?"

"네."

그의 태도가 공손해졌다.

"헤헤, 이런 누추하신 곳에 어인 일이십니까?"

"제가 아는 분이 계셔서 말입니다. 잠시 이야기를 나누어도 되겠습니까?"

"무, 물론입니다."

그렇게 우리는 만숙 관생의 숙부와 대화를 나눌 수 있었다.

만숙 관생의 숙부의 이름은 만진이라고 했다.

"숙부님. 지금 숙모님께서 걱정이 많으십니다."

"네 숙모에게는 참으로 미안하구나. 내가 멍청했지. 부추김에 눈이 멀어서……."

깊은 한숨을 내쉬는 모습을 보니 자신의 과오를 반성하는 듯했다.

"아, 내 미처 말하지 못했는데……. 어찌어찌 네 동생들을 건사할 수 있을 것 같구나. 그러니 걱정하지 않아도 된단다."

"……숙부님."

"나는 한 달 정도는 집에 들어가지 못할 듯하구나. 그러니 집에 돌아가서 네 숙모에게 그리 전하거라."

그 말에 만숙은 고개를 저었다.

"숙부님, 이제 그 집은 숙부님의 집이 아닙니다."

"그, 그야…… 그 집의 소유가 바뀌긴 했지만……."

떨떠름하게 답하는 숙부의 얼굴.

뭔가 이상하다.

자신의 과오를 반성하고 사태를 수습하기 위해 배까지 타려고 하는 사람이다.

그런 사람이 자신의 식솔들이 쫓겨나는 것을 알면서 이렇게 태연할 수 있을까?

게다가 만숙 관생의 동생들을 건사할 수 있다고 자신 있게 말하기까지 하는 것을 보면 확실히 이상했다.

나는 의아해하며 물었다.

"혹시, 그 집에서 계속 살 수 있게 해 준다고 했습니까?"

"아, 네. 그, 그렇습니다. 제가 배를 타는 대신에 그 집과 세간살이는 건드리지 않겠다고 해서……."

"아닙니다!"

만숙 관생이 기겁해서 소리쳤다.

"제가 막 숙부님 댁에 도착했을 때 집은 이미 난장판이었습니다. 거한들이 집의 세간살이를 뒤엎고, 숙모님과 조카들, 그리고 제 동생들이 쫓겨나기 직전이었단 말입니다!"

"뭐, 뭐라고?"

"만약 여기 소단주님이 아니셨다면 어찌 되었을지……."

나는 미소 지으며 대답했다.

"아무튼, 현재 그 집은 제 소유입니다."

"……."

"그리고 저는 당신이 진 빚에 대한 모든 채무를 해결했습니다. 즉, 이곳에서 일할 이유가 없다는 겁니다."

"그게 정말입니까?"

"그렇습니다."

"왜 제게 그런 은혜를 베푸시는 겁니까?"

한 번 호되게 당하고 나서인지 경계심이 생긴 모양이다.

"여기 만숙 관생이 그 대가를 치르기로 했으니까요."

"……."

내 대답에 그는 할 말을 잃었다.

나는 이곳을 관리하던 거한에게 말했다.

"저는 이미 이자의 채무를 갚았습니다. 그런데 왜 이자가 여기서 일하는지 모르겠군요."

그리고 뒤에서 서우 무사가 서늘한 기운을 뿜어냈다.

"이크! 자, 잠시만 기다리십시오!"

그는 얼른 사람을 보내었고, 돌아온 자의 보고를 듣더

니 비굴한 미소를 지으며 다가왔다.

"헤헤, 뭔가 착오가 있었나 봅니다. 어서 가 보십시오."

그렇게 나는 만숙 관생의 숙부를 데리고 그 집으로 향했다.

뭔가 확실히 수상하긴 했다.

부추김에 도박에 빠진 것도 그렇고, 도박으로 날린 집에서 계속 살게 해 준다는 말을 믿고 배를 타러 간 것도 그렇고…….

혹시?

나는 만숙 관생의 숙부에게 물었다.

"이번에 도박을 하신 곳 말입니다."

"네? 아, 네……."

"원래부터 있던 곳이었습니까?"

"저도 잘 모르지만…… 한 서너 달 전부터 갑자기 생겨난 곳이라더군요."

"그곳에서 돈을 잃은 자들이 많습니까?"

"아까 그곳에서 일하다가 들은 얘기입니다만…… 제법 된다고 하더군요. 제 친우들도 있었습니다."

"혹시 그 친우들이 도박하도록 부추긴 이들입니까?"

내 물음에 그는 고개를 끄덕였다.

어쨌든 우리는 집으로 돌아왔고, 만숙 관생의 숙부가 그 숙모 앞에 무릎을 꿇고 싹싹 비는 모습을 보게 되었다.

그 사이, 나는 진유 무사에게 말했다.

"아무래도, 수상한 세력이 개입한 듯합니다."

"저 역시 그리 생각합니다."

아까 느껴지던 역겨운 느낌.

분명히 흑도의 기운이다.

당연히 도박판에 흑도의 인물이 끼어 있는 게 이상한 일은 아니다.

하지만 이곳은 사람이 많은 것도 아니고, 부자가 많은 것도 아닌 평범한 어촌이다.

즉, 그들이 원하는 것이 따로 있다는 의미다.

아마…… 사람이겠지.

도박으로 인해 빚을 지고 팔려나가는 일은 생각보다 흔하니 의심을 받을 리도 없을 테고.

"조사해 보겠습니다."

"부탁드립니다."

.

.

.

그날 밤.

진유 무사의 조사 결과는 내 추측에 확신을 주었다.

"……하여, 넉 달 전에 들어온 무리들이 도박장을 열고 수많은 이들이 빚을 지게 되었다고 합니다. 그리고 도박장의 수법을 보아, 짜고 치는 세력이 있던 것으로 파악됩니다."

"역시 그렇군요."

"이 마을 장정들의 오분지 일 정도가 빚을 진 상태이며, 보름 후 배를 타고 떠날 예정이라고 합니다."

어쩜 이리 내 예상을 벗어나지 않을까?

그들이 배를 타고 떠난다면 그들은 다시는 돌아오지 못하게 될 거다.

그러고는 배가 침몰되어 그들이 죽었다면서 남은 식솔들에게 빚을 마저 갚기 위해 스스로를 팔도록 강요하겠지.

그렇게 된다면 이 마을은 어찌 될까?

안 봐도 뻔하다.

그런데 도박은 불법 아닌가?

상황이 이 지경인데 이 마을을 관리하는 지현이 왜 개입하지 않는 건지 모르겠군.

그건 나중에 알아보고 우선 이 일을 해결해야겠다.

물론 만숙 관생과 그 식솔들은 무사하니, 모른 척하고 이곳을 떠도 상관은 없다.

하지만 나중에 문제가 생길 수도 있다.

혹시 황제가 이 일을 알게 되었을 때, '네가 정말 그때 그 일을 알아차리지 못했다고?'라고 추궁할 수도 있다.

솔직히 몰랐다고 할 수 없을 정도로 문제가 심각한 상황이다.

그래서 황제의 신뢰를 잃게 된다면…….

아, 상상하기도 싫네.

사실, 그것 이외에도 이런저런 이유가 있지만 가장 큰

이유라고 하면 내가 오지랖 넓고 아직 양심이 살아 있기 때문이겠지.

하지만 이로 인해 내가 주목을 받는 건 별로 내키지 않는데…….

그리 생각할 때 문득 떠오르는 하나의 생각이 있었다.

아! 그러면 되겠군.

그때 만숙 관생의 집으로 다가오는 낯익은 기척이 느껴졌다.

고개를 돌려보니 윤벽 관생이다.

"벌써 집에 다녀오신 겁니까?"

내 물음에 그는 고개를 끄덕였다. 그런데 그 얼굴이 그리 밝지 못했다.

"무슨 일이라도 있는 모양입니다."

"생각보다 도박장의 폐해가 커서 말입니다."

그는 자초지종을 설명했다.

"아버지께 이야기를 들었는데, 저희 가문의 배에서 일하는 이들 중에서도 상당수가 도박 때문에 패가망신한 모양입니다."

"그게 만숙 관생의 숙부의 문제만이 아니었군요."

"네."

그는 고개를 끄덕였다.

"하여 아버지께서 지현에게 이에 대해 신고를 했음에도 별다른 조치가 취해지고 있지 않다고 합니다."

그렇단 말이지?

그러면 그게 협박 때문일까? 뇌물 때문일까?

"하여 아버지께서 자체적으로 알아보셨는데…… 아무래도 해적들이 개입한 것 같다고 하셨습니다."

뭐? 해적?

"지금 해적이라고 하셨습니까?"

"네."

오랜 기간 이 어촌의 선주로서 살아온 윤벽 관생의 아버지다.

그가 그렇게 생각했다면 거의 확실하겠지.

어쩐지.

그 전주라는 자라든지, 만숙 관생의 숙부의 집을 뒤지던 거한들의 그 말투나 움직임이 낯설면서도 낯이 익다고 했더니…….

그제야 이해가 되었다.

해적들은 그 특유의 말투와 행동이 몸에 배어 있기 마련이었으니까.

그나저나 해적이라…….

생각보다 일이 커지긴 했지만, 더더욱 가만히 있을 수는 없다.

해적들이란 우리 상인들에게 있어 이가 갈리게 하는 존재들이니까.

특히 내 지난 삶을 떠올리면…… 아, 뒷목 당겨.

물량이 많은 경우에는 강이나 바다 같은 수로를 통해 물건을 운송하는 게 편하다.

그래서 한때 장강에도 수적들이 활개를 쳤었지.

황궁의 대규모 소탕 작전 때문에 사라졌을 뿐.

하지만 이런 해안가의 해적들까지는 손을 대지 못하고 있는 상황이다.

그래서 해적들 때문에 골머리를 많이 앓았지.

놈들의 정체를 생각하면 초전박살이 상책이다.

물론 없애고 또 없애도 계속해서 생기는 이들이지만, 그래도 보이는 족족 없애 놔야 고생을 덜 한다.

그렇게 결심하고는 만숙 관생과 윤벽 관생을 보았다.

내 시선에 그들은 움찔했다.

"왜, 왜 그리 보십니까?"

"저희에게 뭔가 원하시는 거라도?"

"제 생각으로는 분명 해적들은 이 마을 사람들을 노예로 삼을 생각인 듯합니다. 도박은 눈속임일 뿐이죠."

"……!"

"저는 이 상황을 그냥 보고만 있을 수 없습니다. 그래서 말인데 두 분은 어떻습니까?"

두 사람은 결연한 표정으로 답했다.

"저는 해적들과 맞서 싸우더라도 이 마을을 지키고 싶습니다."

"맞습니다. 이 마을은 저희가 나고 자란 곳입니다. 저희가 지켜야 마땅합니다."

"이 마을을 망가트리려 하다니!"

"용서할 수 없습니다."

나는 격한 반응을 보이는 그들을 진정시켰다.

"너무 흥분하셨군요. 두 분이 해적들과 대항하여 싸운다면 단칼에 죽임을 당할 겁니다."

"……."

"그러니 그건 다른 이들에게 맡기십시오. 대신, 해 주셔야 할 일이 있습니다."

"무엇입니까?"

"제가 주는 서신을 다른 곳에 전하는 일입니다."

내 말에 두 사람이 의아한 표정을 지었다.

"그리 쉬운 일로 저희가 도움이 되는 겁니까?"

"과연 그게 그리 쉬운 일일까요?"

"네?"

"이미 저와 여러분에 대한 일은 저들의 귀에 들어갔을 겁니다. 그리고 우리를 감시하고 있겠죠."

"……."

"그러니 제 서신을 전달하는 건 쉽지 않은 일입니다. 하지만 여러분이기에 할 수 있는 일이기도 합니다."

나는 그들을 보며 물었다.

"어떻습니까? 할 수 있겠습니까?"

내 물음에 그들은 서로를 바라보았고, 이내 고개를 끄덕였다.

"알겠습니다."

"해 보죠!"

사실 금령을 시켜서 정호 형에게 서신을 전하게 하는

방법도 있긴 하다.

그럼에도 이런 번거로운 절차를 거치는 이유는, 저 두 관생이 이번 일에 공을 세워야 하기 때문이다.

나에게만 이목이 집중되는 것을 피하기 위함도 있고.

두 관생은 일을 성공시킬 거다.

아무리 저들이 우리를 감시한다고 해도, 빈틈은 있기 마련이니까.

이 마을에서 나고 자란 관생들이니, 마을의 지리에는 훤할 터.

나는 그들에게 이곳의 상황에 대해서 적은 서신을 맡기었다.

"부탁드립니다."

"네!"

또한, 이 일은 두 관생에 대한 내 시험이기도 했다.

* * *

새벽.

만숙과 윤벽은 인근 관제묘에서 만났다.

일단 집으로 돌아가는 것처럼 했지만, 이미 이곳에서 만나기로 약속했으니까.

약속하는 데 말은 필요 없었다.

어릴 적, 마을 학당에서 훈도의 눈을 피해서 손동작만으로도 의사소통이 가능하도록 한 '수어(手語)'가 있었기 때문이다.

그들은 눈짓으로 서로 인사를 했고, 곧 마을을 벗어나기 위해 움직였다.

부스럭.

그때 누군가의 인기척이 느껴져 얼른 골목 안으로 숨었다.

새벽임에도 이런 한적한 곳에 사람들이 찾아온 것이다.

"참, 형님도 뭐가 불안하다고 그자들을 감시하라고 하는지……."

"아, 졸려…… 어디 들어가서 눈 좀 붙일까?"

"아서라. 그러다가 형님에게 들키면 죽는다."

"……."

만숙과 윤벽은 서로를 보았다.

'은서호 소단주님의 말이 맞았다.'

'역시 우리를 감시하는 자들이 있었어.'

잠시 그곳에서 몸을 숨기던 그들은 거한들이 사라지자 몸을 움직였다.

그들이 선택한 길은, 마을 사람 대부분이 모르는 일종의 개구멍이었다.

어릴 적 어른들의 눈을 피해서 마을 밖으로 나가기 위한 곳.

사람들이 다닐 만한 길이 아니었기에 길은 매우 좁고 험했다.

그 탓에 옷이 찢어지고, 살갗이 긁혀 피가 맺혔지만,

그들은 포기하지 않았다.

그들이 나고 자란 마을이 엉망이 되는 건 절대로 용납할 수 없었기에 이를 악물고 마을을 빠져나왔다.

마침내 마을을 빠져나온 그들은 밤새 달렸고, 다음 날 아침 한 상단을 마주했다.

만숙은 자신들의 옷을 보더니 윤벽에게 말했다.

"나에게 좋은 생각이 났어."

그는 그 상단에게 다가가 조심스럽게 인사했다.

"실례합니다."

"무슨 일인가?"

"저희는 북경 행화학당의 관생들입니다. 저희가 일이 있어 고향에 갔다가 돌아가는 일인데 그만 발을 헛디디는 바람에 절벽에서 굴러 이리되었습니다."

"저런! 몸은 괜찮은가?"

"다행히 크게 다친 곳은 없습니다만, 서둘러 학관에 돌아가야 과거를 치를 준비를 할 수 있기에 실례를 무릅쓰고 이리 행렬을 멈추었습니다."

그 말에 상행의 책임자는 두 관생의 옷차림을 살폈다. 행화학당 관생들의 옷은 확실했다.

북경에서 장사를 하는 사람 치고, 행화학당에 대해 모르는 이는 없다.

그렇기에 그는 만숙 관생의 말을 믿기로 했다.

게다가 운 좋게 과거에 합격한다면, 이를 인연으로 뭔가 도움이 될 터.

"사람이 서로 도우며 살아야지. 다만 마차에 탈 자리가 없어서 짐마차에 타야 하는데, 괜찮겠는가?"

"그것만으로도 감사할 따름입니다."

"마차에 오르시게."

"감사합니다."

그렇게 그들은 마차를 얻어 탔다.

덕분에 걸어서 갔다면 나흘 이상이 걸릴 길을, 이틀 만에 갈 수 있었다.

그들은 북경에 도착하자마자 의관을 정제하고 곧바로 진영 대협이라는 자의 집으로 향했다.

쾅쾅쾅!

"계십니까?"

문이 열리고, 한 건장한 남자가 나왔다.

"누구십니까?"

두 관생은 주위를 둘러보고 그에게 조심스럽게 말했다.

"저희는 은서호 소단주의 전갈을 전하라는 부탁을 받았습니다."

"이걸 진영 대협께 전달하라 하셨습니다."

그때였다.

"지금, 은서호 소단주라고 했나?"

한 남자가 대문 쪽으로 다가왔고, 검을 찬 남자가 얼른 고개를 숙였다.

그리고 두 관생은 고개를 끄덕였다.

"네, 그렇습니다."

"이리 줘 보게."

"누구십니까?"

"내가 자네들이 말한 그 진영 대협이라는 사람일세."

"여기 있습니다."

만숙은 얼른 서신을 진영에게 건넸다.

그 서신을 받아 읽던 진영의 얼굴이 이내 심각해졌다.

"이게 사실인가? 해적들이 마을 사람들을 도박으로 빚을 지게 만들어 노예로 팔려고 한다는 것이?"

"네! 그렇습니다."

"아버지께서 지현에게 수사를 요청했음에도 요지부동이셨기에 따로 알아보셨는데…… 해적들이 개입한 듯하다고 하셨습니다."

"이에 은서호 소단주님께서도 자체적으로 조사하셨는데…… 소단주님께서도 해적이 맞다고 하셨습니다."

"은서호 소단주가 그리 말했다면 틀림없다는 거겠지."

진영이 말했다.

"황궁으로 가야겠군. 이 공자들에게 쉴 곳을 내주게나."

"알겠습니다."

* * *

나는 바닷가를 걷고 있었다.

오랜만에 걷는 바다라서 그런가 뭔가 감회가 새롭네.

내가 이렇게 바다를 걷는 이유는 바람을 쐬거나 하기 위함이 아니다.

주변에 큰 배가 없는데, 해적들과 관련된 일이라고 하면 반드시 해안가에 해적들의 본거지가 있을 가능성이 크기 때문이다.

이전 삶에서 우리 은해상단은 해상교역에까지 손을 댔고, 그 와중에 수많은 해적들을 경험했다.

하여 그들의 생리에 대해서도 알게 되었다.

그들은 주로 커다란 배로 이동했지만, 이렇게 육지에 들어와서 뭔가 일을 꾸밀 때면 해안가의 동굴 같은 곳에 숨어 있곤 했으니까.

이번에도 분명 그럴 터.

— 주군, 저희를 감시하는 이들이 계속해서 따라옵니다만, 어찌할까요?

서우 무사의 전음에 나는 고개를 절레절레 저었다.

— 제가 많이 궁금한가 보네요.

하긴, 그렇기도 할 터다.

이제 저들의 계획은 성공까지 몇 걸음 남지 않은 상황이다. 이런 상황에서 나라는 존재는 일종의 변수였으니까.

— 저희는 어디까지나, 유람을 온 겁니다. 그렇게 행동하세요.

— 알겠습니다.

그렇게 우리는 바닷가 이곳저곳을 다녔고, 곧 내 기감

에 역겨운 기운이 느껴졌다.

서우 무사와 진유 무사도 나와 같은 것을 느꼈는지 전음을 보냈다.

– 찾았습니다.

– 저곳이군요.

장소를 찾았으니, 이제 진영 대협이 금군을 이끌고 오는 것만 기다리면 되겠군.

그나저나 저 해적들은 왜 하필이면 이곳 하북성에서 이런 짓을 하는 걸까?

이곳 하북성은 북경에서 멀지 않은 곳이다.

그만큼 들킬 가능성이 큰데 말이지.

곰곰이 생각하던 나는 가장 그럴듯한 가설을 생각해 냈다.

다른 해적들에게 밀렸나?

건장한 남자들을 대상으로 이런 짓을 하는 이유가……
혹시 해적들의 수를 채우기 위해서?

그리 생각하던 나는 피식 웃었다.

에이, 설마…….

멀쩡히 잘살고 있는 이들을 해적으로 만든다니! 그럼 진짜 단매에 쳐죽일 나쁜 놈들이지.

그나저나 두 관생이 떠난 지 나흘이 지났다.

이제는 북경에 도착했겠지?

그렇게 생각하며 잠시 기다리는 사이, 기감에 무언가 느껴졌다.

이건……?

황궁무공을 익힌 자들의 기운이다.

이들이 벌써 왔다는 건 두 관생이 북경에 이틀 만에 도착했다는 의미인데?

나도 모르게 흡족한 미소가 지어졌다.

내 생각보다 훨씬 더 영리한 자였다.

그 말은 여러모로 써먹을 곳이 많다는 의미이기도 했다.

"가 봅시다."

"네!"

우리는 즉시 마을 입구로 향했고, 막 입구를 통과하는 금군들을 보았다.

그 앞에 있는 자는 갑옷을 입은 진영 대협이다. 나는 그에게 다가가 포권했다.

"생각보다 빨리 오셨습니다."

"황제 폐하께서 시급한 사안이니, 다급히 가라 명하셨다네."

"그러셨군요."

"그리고, 우리가 이곳으로 온다는 것을 알아차리고 저들이 도주할 가능성이 있기에 도주 가능성이 있는 길목에 군사를 배치해 놓았네."

역시 황제 폐하가 곁에 두고 쓰실 만한 인재다.

"그럼, 급습해야 할 곳을 알려 드리죠."

나는 도박장과 해안 근처의 동굴 등에 대해 말했고, 진영 대협은 곧장 병사들을 나누어 그곳을 정리하도록 명했다.

 상황은 빠르게 정리되었다.

 해안가 동굴에 숨어 있던 해적들은 소탕되었다.

 아무리 배 위의 싸움이 일상이었어도, 이곳은 육지였고 황궁 무공을 익힌 고수들과 잘 훈련된 금군의 상대가 되지는 못했다.

 "놔! 안 놔?"

 "우리가 무슨 죽을죄를 지었는데!"

 그리고 도박장의 전주를 비롯하여 다른 이들도 줄줄이 포승줄에 굴비처럼 엮여 뇌옥에 갇혔다.

 그리고 지현 역시 그 죄를 면할 수는 없었다.

 또한 이번 기회에 알게 된 사실이 하나 있었다.

 바로 금의위가 내 생각보다 고문에 아주 탁월한 실력을 가지고 있다는 거다.

 결국, 전주라는 자는 모든 것을 실토했다.

 "그게…… 이 마을의 남자들을 노예로 삼으려고 했습니다. 저희가 다른 해적들과의 세력 다툼에서 지는 바람에 애들을 좀 많이 잃어서……."

 "그래서 노예로 팔아 버리려고 했는가?"

 "아닙니다. 노예로 삼아 훈련을 시켜서 대신 싸우게 할 생각이었습니다."

"……."

그 진술에 나는 기가 막혔다.

설마 했는데 진짜냐?

그 진술에 한숨을 내쉰 진영 대협은 그를 향해 주먹을 휘둘렀다.

퍼억-!

"크헉!"

아, 나도 패고 싶었는데 대신 패 주시네.

"정말, 장정들만 그리하려고 했나?"

"네. 그, 그렇습니다."

"내가 네놈들을 모르겠느냐? 아직 숨기는 게 있는 것 같은데?"

"어, 없습니다."

"인두 가져와라."

"네!"

"끄으으읍! 마, 말하겠습니다! 사실 저희에게 빚을 진 이들의 처자식들도 저희 노예로…… 끄으으으윽!"

어쩐지.

만숙 관생의 사연을 듣고 이곳에 오고 싶었던 이유가 있었다.

·

·

·

"이번에도 수고했네."

사건을 마무리한 후, 진영 대협은 나를 치하했다.

"아닙니다. 제가 한 건 없습니다. 그보다 이곳의 소식을 대협에게 전한 두 관생의 공이 컸습니다."

"그래, 그들 역시 그 공이 없다고 할 수 없지. 사실 저들의 도주로를 막는데 두 관생의 도움이 아주 컸네."

다행히 내 생각대로 나보다 그들이 주목을 받고 있었다.

"그런데 자네의 호위무사가 아닌 두 관생을 나에게 보낸 것을 보면…… 일부러 그런 듯한데 말이지?"

젠장. 들켰나?

이 사람도 눈치가 보통이 아니네.

나는 애써 웃으며 말했다.

"자신들이 나고 자란 마을을 위해 뭐든 하고 싶다는 이들이었습니다. 자칫 그 혈기에 무기를 들고 나섰다가 무의미하게 희생될 것이 저어되어 그리했습니다."

진영 대협은 피식 웃었다.

"뭐, 그리 알도록 하겠네."

"아, 그런데 지현은 어찌 되었습니까?"

진영 대협은 대수롭지 않게 대답했다.

"지금 거꾸로 매달려 있다네."

"네?"

"황제 폐하께서 만약 뇌물을 처먹은 거면, 거꾸로 매단 채 압송하라고 하셔서 말이지."

"……."

나는 진영 대협의 말에 속으로 혀를 내둘렀다.

거꾸로 매달아서 압송하라고 명한 황제도 황제지만, 그 말을 진짜 철저하게 이행하는 진영 대협도 보통이 아니라고 느껴졌으니까.

하지만 나 같아도 그럴 거 같긴 했다.

추가로 흠씬 두들겨 패서 말이다.

"그런데 진짜 뇌물을 받은 겁니까?"

"처음에는 부인하다가 결국은 실토했네. 심지어 개인 금고에서 금원보가 무려 백 개 정도 발견되었네."

"……."

그 정도라면 뇌물이 확실했다.

지현이 관리 생활을 하며 받은 봉급을 평생 모아도 결코 모을 수 없는 금액이니까.

"원래는 그 돈을 받아먹고, 조용히 사직한 후에 놀고먹을 생각이었다더군."

그러니까 현정을 가장 잘 알며, 현의 어버이라는 지현이 현의 주민들을 해적들에게 팔아넘기고 자신은 부귀영화를 누리려고 했다는 거다.

"와! 진짜 천하의 몹쓸 놈이네요."

"동의하는 바일세."

진영 대협은 고개를 끄덕이고는 내게 물었다.

"우리는 내일 아침 일찍 북경으로 갈 예정인데, 자네도 함께 갈 생각인가?"

"제의는 감사합니다만, 저는 이곳에서 해야 할 일이 있습니다."

"해야 할 일?"

"네."

나는 고개를 끄덕였다.

"제가 이곳의 일에 개입한 이상, 확실하게 해 두어야 할 일이 있습니다."

"그게 뭔지 물어도 되겠는가?"

"도박 말입니다."

"......?"

진영 대협이 무슨 말인지 궁금해하는 표정으로 나를 보았다.

"이곳의 사람들은 도박으로 인해 큰 빚을 졌습니다. 하지만 해적들이 소탕되며 그 빚은 없는 게 되었죠."

"그렇지."

"그러면 그들에게 남은 건 뭘까요? 패배감일까요? 허탈감일까요?"

나는 쓴웃음을 지었다.

"지금 저들에게 가장 크게 남은 건 도박을 했을 때의 짜릿한 희열감입니다. 그걸 기억하고 있는 한 저들은 반드시 또다시 도박에 빠지게 될 겁니다."

"......."

"이곳은 작은 마을이며, 도박으로 인해 돈이 얽히게 되면 두 관생이 지켜 낸 이 정겨운 마을은 망가지게 될 겁니다. 저는 이를 막고자 합니다."

"그럼 자네에게 방법이 있다는 건가?"

"사실, 자신의 한계를 인정하게 하는 것이 가장 좋지만, 그게 쉬우면 세상에는 성인군자만이 있겠죠."

나는 말을 이었다.

"저는 상인이니, 상인의 방법을 쓰려고 합니다."

나를 보던 진영 대협이 호탕하게 웃었다.

"하하하! 무슨 방법을 쓸 건지 궁금하지만, 묻지 않겠네. 내 즐거움을 여기서 뺏기긴 싫거든."

나는 미소 지었다.

"그래서 말인데, 가시는 길에 두 관생을 행화학당에 데려다주시면 감사하겠습니다."

"알겠네. 그건 걱정하지 말게나."

.

.

.

다음 날 아침.

죄인들은 모두 이동식 뇌옥인 함거에 실려 북경으로 출발했다.

그들을 실은 함거는 이번에 특수 제작을 했는데, 황제의 명에 의해 천장에 거꾸로 매단 채 이송해야 했기 때문이다.

하여 모두 거꾸로 대롱대롱 매달린 채 이송되는 진풍경이 펼쳐졌다.

"아버지, 저 사람들은 왜 저러는 건가요?"

"그건 아주 큰 죄를 저질렀기 때문이란다."

그리고 그건 일벌백계가 되고 있었다.

그나저나 울퉁불퉁한 길을 저 상태로 이틀을 가면, 이리저리 흔들리며 서로 부딪치게 되니 참 고생이 많겠구나 싶었다.

저들이 지은 죄를 생각하면 그래도 싸지만.

"소단주님."

나를 부르는 목소리에 뒤를 돌아보았다.

만숙 관생과 윤벽 관생이다.

"그럼 저희 먼저 가 보겠습니다."

"조심히 가십시오. 그리고 이번 과거시험에서 좋은 결과가 있기를 바랍니다."

"네, 반드시 합격하겠습니다."

"저 역시 합격하도록 하겠습니다."

"아, 그리고 만숙 관생."

"네?"

"학당주님께서 자퇴서는 그냥 찢어 버리셨습니다."

"아……."

만숙 관생의 눈시울이 붉어졌다.

"그러니, 가셔서 감사하다고 하십시오."

"네, 그러겠습니다."

나는 그들을 배웅해 준 후 진영 대협에게 두루마리 하나를 건넸다.

"이게 뭔가?"

"황제 폐하께 드리는 일종의 보고서입니다."

"알겠네. 내 전달해 드리지."

그렇게 진영 대협 일행은 북경으로 출발했다.

"팔갑아."

"네, 도련님."

"내가 알아보라고 했던 건 알아봤어?"

"물론입니다요."

"가 보자."

우리는 팔갑이 알아본 한 주루로 향했다.

장사가 그리 잘은 안 되는 주루였지만, 입지 조건은 딱 좋았다.

"좋아, 이곳을 구입하지."

"알겠습니다요. 주인에게 그리 말하겠습니다."

이필 무사가 고개를 갸웃하며 물었다.

"그런데 이곳은 왜 구입하시는 겁니까?"

"아, 도박장으로 쓸 겁니다."

"네?"

"이해가 안 가시죠? 제가 왜 도박장을 만들려고 하는지요?"

내 물음에 모두 고개를 끄덕였다.

"제가 비록 살아온 시간은 짧지만, 도박에 대해 확신하는 게 있습니다."

이전 생까지 하면 결코 짧은 시간은 아니지만, 이들은

그걸 모르니까.

"적당히 하면 좋은 유흥이지만, 지나쳐서 문제가 되는 겁니다."

"그렇긴 합니다."

"그래서 이곳을 만드는 겁니다. 도박을 근절하는 건 힘든 일이니 그 피해를 최소화하기 위해서 말입니다."

나는 말을 이었다.

"도박장에 없는 것이 세 가지가 있습니다. 뭔지 아십니까?"

다들 곰곰이 생각에 잠겼지만, 입을 여는 이가 없었다.

사실, 이건 보통은 잘 알지 못하는 것이지.

"창문, 닭 그리고 거울입니다."

"······?"

나는 그들에게 이를 설명했다.

"도박장에 창문이 없는 이유는, 창문을 통해 빛이 들어오면 사람에게 시간 감각이 생기기 때문입니다. 즉, 시간 감각을 잊고 도박에 몰두하게 하기 위함입니다."

"허!"

"그리고 절대 주변에 닭을 키우지 않습니다. 새벽에 우는 닭 울음소리를 듣고 '내가 밤을 새워 놀았구나! 이러면 안 되는데!'라고 자책할 수 있기 때문이죠."

"그, 그러고 보니······."

"마지막으로 거울이 없습니다. 사람이 도박에 몰두하게 되면 먹고 자는 것도 잊게 되죠. 그러면 자연히 사람의 몰골은 피폐해지기 마련입니다."

나는 말을 이었다.

"그런 상황에서 자신의 얼굴을 보면서 '내가 대체 뭘 하고 있는 거지?'와 같은 자괴감을 느끼면서 도박장을 박차고 나가게 되기 때문입니다. 즉, 이 세 가지가 도박장에 없는 건 도박에서 사람들이 헤어 나오지 못하게 하기 위함인 겁니다."

"무, 무섭군요!"

"하여 저는 이 세 가지를 모두 이곳에 놓을 겁니다."

일종의 역발상이다.

"그리고 돈을 걸 수 있는 액수도 제한할 겁니다."

그때 서우 무사가 물었다.

"하지만 사람들이 이곳이 아닌 다른 곳에서 도박을 한다면 어찌하실 겁니까?"

"그래서 진영 대협께 서신을 부탁드린 겁니다."

"그게 무슨 연관이 있습니까?"

"그 서신은 황제 폐하께 드리는 전언입니다. 나라에서 공인한 도박장이 아닌, 다른 도박장에서 도박을 하다가 걸리면 노역형에 처하는 법을 만들어 달라고 말입니다."

"……."

"즉, 이곳은 제가 운영하는 곳이 아닌 나라에서 운영하는 도박장인 겁니다."

내가 이리 자신 있게 지르는 이유가 있다.

사실 내 이전 삶에서도 이를 생각했었지만, 개인이 할

수 없는 엄청난 일이었기에 그저 생각만 했었다.

그런데 황제는 이를 실행했었다.

당시 이를 실행한 황제를 보며 보통이 아니라고 생각했다.

그러니 황제는 절대 내 제안을 거절하지 못하지.

* * *

며칠 후.

북경의 황궁에서는 황제의 웃음소리가 천장을 때렸다.

"하하하하하! 이 새끼 봐라?"

"폐하, 체통을 지켜 주시옵소서."

"하지만 그러기에는 너무 기특해서 말이지. 이 녀석이 글쎄 뭐라는지 아나? 아예 나라에서 도박장을 세우라고 하는군."

"네?"

"그리고……."

황제는 태감에게 은서호의 제안을 설명해 주었다.

"호오? 참 기발한 계획입니다."

"자네의 말대로야. 솔직히 도박이 백성들에게 끼치는 해악이 얼마나 큰지 자네도 알지 않나?"

"그러하옵니다."

"이에 대한 대책을 수립하라고 하면 저 머리가 굳은 것들이 하는 소리라곤, 덕치로 교화시키시면 어쩌고……

쯧쯧."

"……."

"마음 같아선 그 굳은 머리 다 댕강 잘라 버리고 싶지만, 그러면 나만 피곤하니…… 에휴!"

황제는 머리를 절레절레 흔들었다.

"그런데 이 녀석의 계책은 얼마나 기발한지!"

이를 보며 태감은 황제가 은서호를 무척이나 마음에 들어 함을 알 수 있었다.

'하긴, 나 같아도 업고 다닐 터.'

그때 문득 태감의 뇌리에 뭔가 번뜩이는 생각이 떠올랐다.

"황제 폐하. 소신 한 가지 청이 있사옵니다."

"무엇인가?"

"은 공자의 청대로 하시되, 그곳에서 일하는 이들 중 일부를 저희 동창의 일원으로 채워 주시옵소서."

"아, 그거라면 이미 이 녀석이 제안했네."

"네?"

"도박장을 만들면 이곳은 민심을 알 수 있는 또 다른 장소가 될 터이니 내 눈과 귀를 심으면 도움이 될 거라고 말이야."

"아……."

이에 태감은 은서호에게 고마움을 느꼈다.

'일전에 은해상단 북경지부를 구매할 때 호부를 좀 족쳐서 약간 도움을 준 것에 대한 보답인가?'

하지만 그 보답치고는 무척이나 과한 보답이었다.

'이러니 다음에 또 돕지 않을 수가 없구나…… 허허허.'

태감이 그리 생각할 때 황제는 은서호의 보고서를 겸한 제안서를 보며 흐뭇한 표정을 지었다.

[이를 시행하는 과정에서 이런저런 논의를 거치는 건 시간이 오래 걸리는 일입니다. 하여 저는 황실의 재산으로 이를 운영할 것을 제안하는 바입니다.]

도박장 사업은 황금알을 낳는 닭이니만큼 이는 무척 달콤하게 느껴졌다.

'이 새끼, 진짜 상계에 두기에는 아까운데 말이지…… 확 끌고 와?'

그리 생각하던 황제는 고개를 저었다.

아직은 새끼 상이다.

그리고 새끼 상어에게 이 황궁은 아직 위험했다.

잡아 와도 다 컸을 때 잡아 와야 스스로를 온전히 지킬 수 있을 터.

'그런데 왜, 지금 데리고 와도 새끼 상어에 불과한 녀석이 능구렁이 대신들을 씹어 먹을 것 같은 생각이 들까?'

* * *

황제의 성지가 현청 담벼락에 붙었다.

그건 내가 제안한 '도박장에 관한 법'에 대한 성지였다.

우선 이곳을 시범지역으로 하고 오 년 내에 제국 전역으로 확대한다는 내용의 성지였다.

이제 오 년 동안은 극심한 흉년이 이어진다.

그러면 오 년 후쯤에는 기존의 주루나 기루를 매우 싼값에 살 수 있을 테니, 황제의 주머니 부담도 줄어들 터.

그리고 새로운 지현이 부임해 오면서 함께 온 이들이 있었다.

황제가 이 마을의 도박장을 관리하라고 보낸 인물들이다.

그리고 그들 중에는 낯익은 얼굴이 있었다.

황궁에서 오가면서 봤던 내관이었는데, 지금은 내관의 옷이 아닌 평범한 옷을 입고 있는 것을 보니 동창의 일원인 듯했다.

내게 우호적인 표정을 짓고 있는 것을 보니, 도박장을 황제의 눈과 귀로 활용하라는 제안이 고맙게 느껴진 모양이다.

뭐, 받은 게 있으니 갚아야지.

"은서호 소단주입니다."

"황제 폐하께 말씀 들었습니다. 그럼 이번에 새로 만든 그곳으로 안내 부탁합니다."

"네, 이쪽으로 오시지요."

나는 그들을 새로 만든 도박장으로 안내했다.

"오!"

"오오……."

그들의 눈이 휘둥그레졌다.

그도 그럴 것이 무척이나 화려한 건물이었기 때문이다.

"그런데 너무 화려한 것 아닙니까?"

"이 정도는 해야 사람들이 오지 않겠습니까? 아무리 교화 목적이라고 해도 엄연히 사업입니다. 적자 운영으로 황제 폐하께 핀잔을 듣고 싶지는 않으시잖습니까?"

"그건 그렇군요."

"안으로 드시지요."

내부는 사방에 창을 내어서 낮에는 등불을 밝히지 않아도 모든 것이 환히 보일 정도였다.

그리고 곳곳의 기둥은 사각형으로 깎아, 그곳에 거울을 달아 놓았다.

하여 어디에 앉아 있어도, 자신의 모습을 볼 수 있게 했다.

그리고 천장에도 거울을 달아 놓았다.

"천장의 거울은 속임수를 쓰는 이들을 관찰하고 제재하기 위함입니다."

"좋은 생각이로군요."

나는 그렇게 도박장 내부의 시설들과 운영 방침에 대해 설명해 주었다.

"……이렇게 운영하면 될 겁니다."

"공자의 조언이 큰 도움이 되었습니다."

이 도박장의 운영을 위임받은 사람은, 황실의 재산을 담당하는 이들 중 하나로서 내 추천으로 황제가 민간 상단에서 영입해 온 인재였다.

사실, 이전 삶에서도 황제가 도박장 사업에 대해 고민하면서 동창을 통해 데리고 온 인물이기도 했다.

이전 삶에서나 이번 삶에서나 같은 사업을 맡게 된 것이다.

그라면 믿을 수 있다.

이전 삶에서도 훌륭하게 도박장 사업을 운영했고, 황실에 막대한 부를 안겨 주었으니까.

그리고 황실은 그 부를 백성들의 복지를 위해 사용하면서 백성들의 지지를 받았었다.

이제 바로 선순환이라는 거지.

"이건 폐하께서 소단주에게 하사하시는 수고비입니다. 이 도박장을 구매하고 고치신 것에 대한 대가도 포함되어 있습니다."

"감사합니다."

그가 내민 주머니를 공손히 받아 열어 보았다.

안에 들어 있는 것은 상당한 액수가 적혀 있는 전표.

나는 입꼬리가 승천하는 것을 필사적으로 억누르며 고개를 숙였다.

．
．
．

북경으로 돌아가는 길.

"결국, 이번 일은 황궁에 넘기신 겁니까요?"

팔갑의 물음에 나는 고개를 끄덕였다.

"내가 그 마을의 일에 개입한 이상 그대로 둘 수는 없었지만, 도박이란 건 내 개인의 힘으로는 어찌할 순 없어. 나라가 해야 할 일이지."

"그러니까, 즉 이번에도 손 안 대고 코 푸신 거라는 거군요?"

"음, 그게 그렇게 되나?"

나는 귀밑을 긁적였고, 내 일행은 피식 웃었다.

그나저나 지금쯤 세 차례에 걸친 회시가 끝났을 텐데, 결과가 궁금하네.

59장. 이번에도 낙양인가

이번에도 낙양인가

우리는 북경에 도착했다.

우선 고모님 댁인 연준상단에 들러, 무사히 돌아왔음을 알렸다.

아직 조부님께서 고모님 댁에 머물고 계시기도 하고.

"소손, 일을 마치고 돌아왔습니다."

"그래, 정호에게 이야기 들었다. 행화학당의 관생 중 곤란한 일이 생긴 자가 있었다지?"

"네. 그렇습니다."

"얼굴을 보니 일은 잘 해결된 듯하구나."

"네, 잘 해결되었습니다."

조부님은 서랍에서 서신 하나를 꺼내어 내밀었다.

"다행이구나. 이건 네 아비에게서 온 서신이다."

"아버지가요?"

"읽어 보거라."

나는 그 자리에서 서신을 펼쳤다.

"……."

이번 백대상단 회합이 낙양에서 열린다는 그런 내용의 서신이었다.

"그런데, 생각보다 이르네요? 원래 백대상단의 회합은 매년 가을쯤에 있던 걸로 기억합니다만."

"이번 가을에는 용봉비무회가 열리지 않더냐."

"아!"

용봉비무회는 오 년에 한 번 무림맹에서 주최하여 열리는 비무회이다.

"그보다 이른 시기에 낙양에서 회합을 한다는 건……
자리선정 때문이겠군요."

"그렇지."

용봉비무회에 참가하고자, 혹은 이를 구경하고자 수많은 이들이 낙양에 모인다.

그리고 사람이 모이면, 돈이 모인다.

상인들이 결코 이 기회를 놓칠 리 없지.

수많은 상인이 모이는 만큼 무림맹에서는 미리 '자리선정'을 진행한다.

반드시 상단의 대표가 참석해야 했지만, 다들 바쁠 수밖에 없는 사람들이다.

그래서 나온 생각이, '겸사겸사 낙양에서 모이자'가 된 것이다.

나는 서신을 마저 읽어 보았다.

분명히 적혀 있었다. 이번 백대상단 회합에 내가 참석하는 것으로 이야기가 되었다고.

사실 광준상단의 복윤 소단주와 만나기로 약속한 만큼 내가 가고 싶긴 했다.

하지만 정호 형을 정식 후계자로 밀어야 할 때이니만큼 아쉽지만 양보할 생각이었다.

보통 백대상단의 회합에 동행하는 자는 유력한 후계자라는 의미였으니까.

그런데 내가 가게 되었다니!

그런 의미를 담아 조부님을 보자, 조부님이 옅게 웃으며 말씀하셨다.

"너는 저번에 다녀왔으니, 이번에는 정호나 진호가 가야 할 차례이지. 하지만 이번은 상황이 다르다. 말했듯이 용봉비무회가 있지 않느냐?"

조부님이 말씀을 이으셨다.

"은월각에서 논의한 결과, 용봉비무회는 워낙 상황이 급변하는 곳이니만큼 한몫 챙기려면 기민하게 대처할 수 있는 자가 가야 한다는 판단하에 그리 결정된 것이라고 하더구나."

"……."

"본단에서 기책에 있어 너를 따를 자가 없지 않느냐?"

칭찬이겠지?

"그러니까 슬슬 준비하고 있거라. 곧 너에게 서신이 올

터이니."

그렇게 대화를 마치고 조부님 방에서 물러났다. 그리고 정호 형의 처소로 향하던 나는 발을 멈추었다.

"왔냐?"

"형."

내가 돌아왔다는 소식을 들었는지, 정호 형이 처소 앞에서 나를 기다리고 있었다.

"더운데…… 안에서 기다리고 있지."

"안이 더 덥다."

"그렇긴 하지……."

나는 뒷목을 긁적였다.

"저, 들었어. 이번 백대상단 회합에 내가 가게 되었다고……."

"나도 들었다."

"이번에도 내가 가게 되어서 미안하네."

"미안할 것 없어. 나도 내심 이번에는 네가 갔으면 했으니까. 나는 너처럼 그렇게 기민하게 대처할 수 있는 능력이 없잖아."

"그건 아닌데? 형도 제법 날래잖아."

"너에 비하면 굼벵이지. 그래서 사실 너에게 상단주 자리를 양보할까 생각도 했는데 말이지."

"……."

이전 삶과 같은 정호 형의 말.

"네가 싫어해서 굳이 그러지는 않으려고 한다."

"내가 상단주 자리를 싫어한다는 것을 어떻게 알았어?"

내 물음에 정호 형이 피식 웃었다.

"그냥 딱 보면 알아. 너는 종횡무진으로 날뛰는 것을 즐거워하는 녀석이잖아."

"딱히 좋아하는 건 아닌데……?"

"그럼 방에 처박혀서 서류만 보고, 불편한 자리에서 불편한 대화를 하는 건 좋냐?"

"그, 그건 더 싫어."

정호 형은 하늘을 보며 말했다.

"그러니까 너와 진호가 바라는 대로 내가 상단주가 되도록 할게, 그런 무게 잡는 건 내가 잘하니까. 대신 너는 이 은해상단을 더 높게 이끌어 줬으면 해."

"그야, 당연하지."

내 말에 정호 형은 미소 지었다.

"아, 그건 그렇고…… 좋은 소식이 있다."

"응? 좋은 소식?"

"이번에 행화학당에서 과거 급제자가 열 명이나 나왔다. 그중에 만숙 관생과 윤벽 관생도 있더구나."

"저, 정말이야?"

"그래."

아…….

정말 잘 되었다.

"그리고 전시는 보름 후라고 하더구나."

과거는 사실상 회시까지이다. 전시는 그저 등수를 정하기 위한 것이었으니까.

"전시가 끝나면 학당의 스승들을 모두 모시고 좋은 식당에 가서 식사라도 할 생각이다."

"좋은 생각이야. 다들 고생하셨으니까."

.

.

.

내가 북경으로 돌아온 지 이틀이 지났다.

그리고 진영 대협이 나를 데리러 북경의 임시 거처로 방문했다.

그가 말하길, 만숙 관생의 고향에서 활개를 치던 해적들과 그 해적들의 뒤를 봐주었던 지현에 대한 형이 확정되었지만, 아직 집행은 되지 않고 있다고 했다.

나라의 큰일, 이를테면 과거 같은 행사가 있을 땐 사형 집행을 미루는 것이 법도였기 때문이다.

"목을 잘라 효수하기로 했고, 지금 거꾸로 매달려 형 집행을 기다리고 있네."

"네? 아직도 말입니까?"

내 물음에 진영 대협은 고개를 끄덕였다.

"황제 폐하께서 상당히 분노하셨다네. 하여 이곳에 도착해서도 여전히 거꾸로 매달려 있다네."

"……"

그래서 사람은 착하게 살아야 한다.

잠시 후, 나는 황제를 알현할 수 있었다.

"소상, 은서호가 제국의 지존이신 황제 폐하를 뵈옵니다."

"고개를 들라."

"황은이 망극하옵니다."

"그래, 이번에도 잘 해 주었다. 네 덕분에 무고하게 고초를 당할 뻔했던 백성들을 살릴 수 있었다."

"그저, 운이 좋았을 뿐이며 저는 단지 이 일을 발견했을 뿐입니다. 모든 건 이에 대해 진영 대협에게 알린 두 관생과 황제 폐하께서 보내신 이들의 공일 뿐입니다."

나는 얼른 모든 공을 다른 이들에게 돌렸다.

그런 나를 보며 황제는 웃음을 터트렸다.

"그래, 너는 그렇게 말하겠지. 그러려고 두 관생으로 하여금 서신을 전하게 한 것 아니냐?"

"……."

음, 예리하시군.

"그나저나 그 두 관생도 참 좋은 인재들이더구나. 이번 회시에서도 뛰어난 성적으로 합격했다고 들었다."

"행화학당 출신이기도 합니다."

"그래, 행화학당을 세울 때 짐과 약속한 것을 잊지 않았다. 그게 이제 이루어지나 보군."

황제는 기대가 된다는 표정이었다.

"이번에 서신을 전달하여 큰 공을 세운 두 녀석이 특히나 기대가 되고 말이지."

문득 황제의 총애를 받을 두 관생이 걱정되었지만, 그

래도 나름 좋은 일이니까.

"그리고 황실에서 도박장을 운영하라니…… 참으로 발칙하면서도 현명한 제안이었다."

"그리 생각해 주시니, 감읍할 따름이옵니다."

"앞으로도 계속해서 짐의 힘이 되어 주면 좋겠구나."

그 말에 나도 모르게 온몸에 소름이 쫙 올라왔다.

"왜 그러느냐?"

"그것이, 황제 폐하의 말씀에 감동하여 그만……."

"……."

하지만 황제의 눈은, '네가? 그럴 인간이냐? 둘러대긴.'이라고 하는 듯했다.

"그럼 이제 한동안 북경 지부 건립에 집중하겠구나?"

"아, 사실 제가 한동안 북경에 없을 듯합니다. 이번에 백대상단의 회합과 용봉비무회로 인해 낙양에 가게 되었습니다."

"낙양이라…… 마음에 안 드는 놈들이 둥지를 튼 곳이지."

"……."

이 세상에 황제는 단 하나뿐이다.

그리고 황제가 임명한 자들만이 왕과 제후가 될 수 있다.

그런데 무림의 무사들이 자기들끼리 검왕이니, 검제이니 하는 꼴을 보면 황제 입장에서 참 가관도 아닐 터.

그냥 조용히 무림에서만 그러면 눈감아줄 만한데, 무림

맹에서 슬금슬금 황실에 사람을 들이밀며 세력을 키우려 하고 있으니까.

하지만 그것들을 전부 단속하자니, 제국이 혼란스러워질까 우려해 그냥 지켜보고 있을 뿐이다.

"무사히 잘 다녀오너라."

"네, 폐하."

나는 얼른 고개를 숙였고, 황제의 앞에서 물러났다.

하지만 돌아가면서도 의문이 사라지질 않았다.

이상하다?

내가 낙양에 간다고 했는데도, 일거리를 던져 주실 분이 왜 그냥 보내 주시지?

며칠 후.

아버지께 서신이 도착했다.

낙양에 미리 마련해 놓은 숙소가 있으니 그곳으로 오라는 내용이었다.

호북에서 낙양으로 가는 것보다, 북경에서 낙양으로 가는 길이 훨씬 더 멀다.

애초에 낙양에 무림맹이 세워진 이유가 물류의 이동이 원활하면서도 번화한 곳이기도 했지만, 북경에서 제법 거리가 떨어져 있기 때문이었으니까.

아무튼, 이번 회합 날짜는 팔월 말이다.

그러니 늦어도 사흘 내에는 출발해야 기일을 맞출 수 있었다.

그리고 장소가 낙양인 만큼 진유 무사는 그 행동 반경에 제약이 있을 수밖에 없었다.

하여 고민하는 나에게 희소식이 전해졌다.

그건 여응암 무사가 완전히 회복되었다는 소식이다.

"주군께 복귀를 청합니다. 의원이 이제 검을 잡아도 된다고 했습니다. 그러니 주군 옆에서 주군을 지킬 수 있도록 허락해 주십시오."

나는 미소 지으며 고개를 끄덕였다.

"이렇게 복귀하게 되어서, 정말 다행이에요. 이번에 낙양에 함께 갈 수 있겠네요. 앞으로도 잘 부탁드려요."

"저야말로 잘 부탁드립니다."

"그럼, 여 무사님께서 복귀하셨으니까 축하도 할 겸 맛있는 거 먹으러 갈까요?"

"좋습니다요!"

"반가운 소리입니다."

그렇게 우리는 식당으로 향했고, 진유 무사의 전음이들렸다.

- 제 공백을 걱정했는데, 여응암 무사가 복귀하게 되어서 정말 다행입니다.

- 그러게요.

- 생각해 봤는데, 낙양에서는 제가 가면을 쓰고 있더라도 주군 옆에 있어야 하는 것 아닌가 하는 생각이 들었습니다.

그 전음에 나는 고개를 저었다.

– 그렇게까지 무리하지 않으셔도 괜찮아요. 그리고 낙양에도 가고 싶지 않으면 이곳에 남으셔도 좋구요.

"……."

진유 무사는 물끄러미 나를 바라보았다.

– 왜 그렇게 보시나요?

– 주군께서는 참 좋은 주군이십니다.

그 전음에 뭔가 민망해져서 뒷목을 긁적였다.

* * *

낙양의 무림맹.

맹주는 집무실에 앉아 서류를 들여다보았다.

"그래, 용봉비무회의 비무장 건설은 어찌 되고 있나?"

"순조롭습니다."

"전에 벽강목이 부족하다고 했던 것 같은데?"

"그 보고서에 있듯이……."

"그렇군. 나가 보게."

분주하게 일을 처리하던 맹주는 거울을 통해 보이는 자신의 눈에 기겁했다.

"……!"

그는 얼른 자신의 눈을 가렸고 잠시 후, 그의 눈동자가 다시 검은색으로 돌아왔다.

"이 노인네가 이제 포기할 때도 되었건만……."

그는 못마땅한 표정으로 중얼거리며 서탁 위에 놓인 서

신을 보았다.

붉은색의 서신.

그건 황실의 공식적인 서신이었다.

이번 반란에 양은직이라는 자가 연관되었다는 증거가 충분한 상태에서 그가 누군가에게 살해당했다는 그런 내용이다.

그리고 이에 대한 의견을 제출해 달라고 요청하고 있었다.

'제법 쓸 만한 녀석이었는데 말이지…….'

서신에는 혹시 무림맹에서 의도적으로 제거한 것 아니냐는 그런 의미가 담겨 있었다.

그러나 맹주로서도 영문을 알 수가 없었다.

그가 한 일이 아니니까.

'즉, 누군가 이 일을 방해했다는 건데…….'

아무튼, 이번 일은 완전히 실패였다.

원래 반란을 일으켜 수많은 이들이 죽게 해서 피의 제물을 바칠 생각이었는데, 그러기는커녕 황제의 위상만 높아졌다.

게다가 황실의 의심만 잔뜩 사게 되었고, 아까운 녀석까지 잃었다.

'하나부터 열까지 다 손해군.'

어쨌든 실패한 일은 털어 버려야 했다. 그것 말고도 진행 중인 일은 많으니까.

'그나저나 이번 비무에 쓸 만한 녀석들이 많이 보였으

면 좋겠군.'

아무것도 모르는 무림의 젊은 동량들이 자신을 위해 일하게 하는 건 즐거운 일이니까.

　　　　　* 　*　*

나와 일행은 드디어 낙양에 도착했다.

그리고 이번에는 저번 숙소와 다른 곳에서 묵게 되었다.

"이제 어디를 찾으면 되는 겁니까요?"

"응, 연풍객잔을 찾으면 돼."

그리고 나는 연풍객잔에 어디에 있는지 알고 있다.

"이쪽이야."

나는 한쪽 방향을 가리키며 앞장섰고, 우리는 곧 연풍객잔에 도착했다.

"어메! 연풍객잔이 이곳에 있는 건 어찌 아셨습니까요?"

팔갑의 호들갑에 속으로 쓴웃음을 지었다.

이전 삶에서 낙양에 올 때마다 묵었던 단골 객잔이라고 말할 수는 없으니까.

"전에 왔을 때 봤었지. 내가 원래 기억력이 좋잖아."

그리 말하며 객잔에 다가가자 은풍대의 대원들이 나를 알아보고 인사했다.

"셋째 소단주님을 뵙습니다."

"반갑습니다. 부모님께서는 안에 계신가요?"

"네. 안에 계십니다."

나는 객잔 안으로 들어가 의관을 정제하고, 부모님께 인사를 드렸다.

"아버지. 소자 왔습니다. 상단에는 별일 없었습니까?"

"그래, 어서 오거라. 아무 일 없단다."

"다행이네요."

"그나저나, 북경에서도 꽤 활약했다고 들었다. 납치당한 선미의 부군을 구했다지?"

조부님과 정호 형이 서신으로 말했구나.

"그리고 반란군을 진압하는 데 큰 공을 세웠다지?"

"……."

"이번에 해적들을 소탕했다고 들었다."

"……."

아니, 아버지. 그건 조부님과 정호 형도 모르는 건데, 대체 어떻게 다 알고 계신 겁니까?

내 등에서 식은땀이 주룩 흘렀다.

"어찌…… 아셨습니까?"

"생각보다 춘일 대원의 능력이 뛰어나더구나."

"……."

범인은 춘일이었구나!

그런데 그런 일들까지 알아낼 정도라고?

내가 발탁하긴 했지만, 진짜 대단하긴 하네.

"물론 그 일들의 모든 전모까지는 알지 못한다. 하지만 그래도 그런 일이 있다고 언급은 해 줄 수 있지 않았느냐?"

"물론 저도 그러고 싶었습니다. 하지만 아버지, 황궁의 일입니다. 자칫하면 오해를 받을 수 있기에 조심스러웠습니다."

잠시 생각하시던 아버지께서 고개를 끄덕이셨다.

"그것도 그렇긴 하구나."

"하여 그에 대해서는 따로 조용히 말씀드릴 생각이었습니다."

"그랬구나. 그래도 나와 네 어미가 그 일들 가운데 네가 있었음을 듣고 얼마나 걱정했는지 아느냐?"

"그저 송구할 따름입니다."

내가 여기서 뭐라고 하겠는가?

그냥 바짝 엎드려야지.

다행히 부모님께서는 내가 그것들에 대해 서신에 적어 보낼 수 없던 상황이라는 것을 이해해 주셨다.

금령을 통해 서신을 보낸다고 해도, 그 일들을 서신에 담는 건 좀 그랬으니까.

부모님을 뵙고 내 객실로 들어가자, 팔갑이 놀라서 다가왔다.

"아니, 왜 갑자기 얼굴이 그리 핼쑥해지셨습니까요?"

"아버지께 혼났거든."

"……?"

나는 자초지종을 말했고, 팔갑은 고개를 끄덕였다.

"뭐, 혼나시는 게 당연한 일입니다요."

"……."

나는 상처받은 눈을 했지만, 팔갑은 단호했다.

"그보다 도련님께서는 다른 사람들은 엄두도 내지 못할 위험 속으로 들어가시는 것이 문제입니다요."

"나도 억울해. 그건 내가 의도한 건 아니었다고."

"……."

그런데 나를 바라보는 팔갑의 눈빛이 이상했다.

"왜?"

"아무것도 아닙니다요."

날이 저물었고, 우리는 낙양의 저잣거리로 향했다.

진유 무사는 대놓고 움직이기 어려워 객잔에 머무르게 했다.

하여 지금 내 일행은 팔갑과 세 호위무사, 이렇게 다섯 명이다.

솔직히 쉬고 싶었지만, 낙양의 분위기를 살펴보기 위해 귀찮음을 무릅쓰고 나왔다.

낙양에 오는 건 거의 일 년 만이다.

그간 낙양에 어떤 변화들이 있었는지 살펴보는 건 상인으로서 필수적으로 해야 하는 일이니까.

낙양은 뭐…… 여전하군.

문득 이번 삶에서 처음 낙양에 왔을 때가 떠올랐다.

나를 죽인 무림맹이 자리 잡은 곳.

그 사실만으로도 나는 이곳에 오는 것을 꺼렸었다. 하지만 이제는 아니다.

저번에 무림맹이 얻을 기물들을 내가 선점했으며, 허운이라는 인재도 얻었다.

그것들이 내게 약이 되었나 보다.

이제 아무렇지 않은 것을 보면 말이다.

그래도 무림맹의 건물을 볼 때마다 속에서 뭔가 치밀어 오르는 건 어쩔 수 없지만.

그렇게 밤길을 걷던 중, 한 객잔 마당에 서 있던 사람과 눈이 마주쳤다.

"······!"

사부님?

나는 얼른 사부님께 달려가 포권했다.

"잘 지내셨습니까?"

"아, 소단주님이시군요."

"네, 이곳에서 백대상단 회합이 있어서 이렇게 오게 되었습니다."

"그랬군요."

사부님은 담담한 표정으로 객잔 안쪽을 가리켰다.

"들어와서 차 한잔하십시오."

"네."

나는 사부님의 청을 거절하지 않았다.

그리고 보니 이 객잔, 창인표국이 낙양에 올 때마다 머무는 객잔이다.

무림맹의 손길이 닿지 않는 곳이라고 들었던 것 같은데…….

사부님은 자신의 객실로 나를 안내해 주고는, 직접 차를 우려서 잔에 따라 주셨다.

"잘 마시겠습니다."

"네."

차를 한 모금 마셨을 때 사부님의 전음이 들렸다.

– 양은직이 죽었다죠.

"……."

– 들리는 말에 의하면 양은직의 윗선에서 제거했다고 하던데…….

내 주변에는 설풍궁의 제자들이 있다.

그들이 내 행동을 지켜봤을 터, 모르고 하시는 말씀은 아닐 거다.

– 사실 제가 그랬습니다.

– 위험한 행동이었습니다.

– 알고 있습니다. 하지만 그로 인해 수많은 이들이 죽을 것을 생각하니, 어쩔 수 없었습니다.

"……."

– 또한, 이미 그 일에 제가 깊숙이 얽힌 상황이라 잘못하면 저와 사부님의 정체가 밝혀질 수도 있었습니다. 하여 부득이하게 손을 쓰게 되었습니다. 심려를 끼쳐드려 송구합니다.

사부님은 차를 한 모금 마시며 전음을 보내셨다.

– 그래도…… 잘하셨습니다. 사실 그놈은 죽어도 싼 놈이긴 했습니다.

어…… 칭찬을 하신다고?

– 사실 그자를 죽이는 건, 제 일이었습니다.

네?

하지만 사부님께서는 더 이상의 설명을 해 주지 않으셨다.

– 감사하다는 말씀을 드리고 싶군요.

그러고 보니, 양은직에 대해 말했을 때 사부님의 반응이 심상치 않으셨지.

뭔가 얽혀도 단단히 얽힌 일이 있구나 싶었다.

하지만 진즉 죽이지 못한 건, 세간의 이목이나 자신의 정체가 드러날 것을 염려하셨기 때문이겠지.

"이 낙양에서 모이게 된 건 이번에 있을 용봉비무회 때문이겠군요."

"네, 그렇습니다."

비밀로 해야 할 일이 아닌 건 그냥 물어보시는구나. 하긴, 계속해서 전음으로 이야기하는 건 좀 수상해 보이긴 하니까.

"그래서 용봉비무회가 끝날 때까지는 이곳에서 머무를 듯합니다."

"그렇군요."

사부님께서는 고개를 주억이셨다.

"저는 내일 떠납니다. 의뢰를 받아서 말입니다."

"의뢰요?"

"호위 의뢰입니다."

사부님이 말을 이으셨다.

"이제 이곳에서 용봉비무회가 열리게 되면 수많은 이들이 모이게 됩니다."

"그렇겠죠."

"물론 무에만 뜻을 두고 바른길을 걷는 협의가 가득한 이들도 있지만, 그렇지 않은 이들도 모이기 마련이죠. 그런 질 나쁜 자들이 젊은 여인들을 그냥 두겠습니까?"

"아······."

"그래서 용봉비무회 기간 동안 친척 집에서 머무르게 하곤 합니다만, 그럴 만한 친척이 없으면 화산파에서 머무르기도 합니다."

그러고 보니 화산파에서 그런 역할도 했었지.

물론 낙양에서 가장 가까운 대문파는 소림사이다. 그러나 소림사는 금녀의 지역.

그렇기에 화산파에서 그 역할을 자청했다.

도가 계열이지만, 속가에 가까우며 여제자들도 받아들이는 곳이니까.

내가 알기로 용봉비무회가 있을 때마다 화산파에서 젊은 여인들을 머물게 하는 건 용봉비무회만큼이나 오랜 전통이라고 했다.

그리고 이로 인해 화산파는 생각지도 않은 몇 가지 소

득을 얻을 수 있었다.

그중 하나가 평판이다.

"보통은 무림맹의 무사들과 화산파의 무사들이 호위를 하지만, 사정이 있어 그들과 함께 가지 못한 이들이 있습니다."

"그분들의 의뢰를 받으신 거군요."

"맞습니다."

그렇다면 내일 이곳에서 여인들을 데리고 화산파로 떠나시겠군.

"그럼 호북에서나 뵙겠군요."

"그건 아닙니다."

"......?"

"개인적으로도 그렇고, 용봉비무회는 제법 흥미로운 행사이니 참관할 생각입니다."

– 하지만 다시 만났을 때, 서로 인사를 나눌 수 없을 수도 있으니 이 점, 양해 부탁드립니다.

"......?"

그렇게 대화를 마치고 나는 사부님의 배웅을 받으며 객잔에서 나왔다.

그리고 다시 일행들과 낙양의 저잣거리를 걸었다.

질 나쁜 자들이라…….

그들을 생각하니 갑자기 뒷목이 당겼다.

솔직히 우리 상인들도 만만치 않게 그들이 마음에 들지 않았다.

만만한 게 상인들이라고, 별것도 아닌 일로 진상을 부리고 좌판을 엎어 버리곤 했기 때문이다.

차라리 그러면 다행이다.

무기를 써서 상해를 입는 일도 비일비재했다.

그 와중에 누군가 나서서 막는다면, 역설적으로 일은 더 커지기 마련이다.

호승심이 가득한 이들이니만큼 호시탐탐 싸움에 끼어들어 자신의 무를 자랑하고 싶어 했으니까.

하여 갑과 을이 싸워서, 갑이 지면 병이 갑을 대신하여 나와 을과 싸웠다.

을이 지면 정이 나와서 을을 대신하여 싸웠다.

이유도 참 다양했다.

"제가 저 무사의 동향입니다! 하여 저자를 대신해 설욕해 주려 합니다!"

"사파의 심정, 같은 사파가 알아줘야 하지 않겠습니까?"

"알고 보니, 제가 저 무사와 같은 반점에서 밥을 먹었습니다. 이것도 인연이니…….."

"저자와 같은 색의 옷을 입었으니, 이는 저자를 대신하여 설욕해 줘야 한다는 하늘의 뜻이 아니겠소?"

이렇게 물고 물리는 사적인 싸움의 고리는 쉽게 끊어지지 않았다.

이유야 갖다 대면 되는 거니까.

하지만, 그런 고리를 끊어 버리는 이들이 있었다.

무림맹의 고수들로 이루어진 순찰대였는데, 그들의 손속은 매서웠기에 그들이 뜬다고 하면 도망가기 바빴다.

우리 상인들에게는 참 든든한 이들이었다.

이를 생각하던 나는 피식 웃었다.

구린 짓을 하는 것과는 별개로, 그런 부분은 또 세심하게 챙긴단 말이지.

하긴…….

아무리 무림맹이라고 해도 그런 것을 소홀히 한다면 무림맹으로서 제대로 존속할 수 없을 테니까.

상인들에게 보호비를 얼마나 받아 가는데, 그 정도도 안 하면 날강도들이지!

.

.

.

며칠 후.

나는 멋들어지게 옷을 차려입었다.

오늘은 백대상단의 회합이 있는 날이었기 때문이다. 그래서 평소보다 더 화려하게 차려입었다.

그리고 팔갑과 내 호위들 역시 화려하게 차려입고 회합 장소로 향했다.

이번 회합 장소는 저번과 같았다.

홍란루.

낙양에서 가장 넓은 주루였고, 낙양에서 회합을 할 때마다 계속해서 이곳이 회합 장소가 되었다.

역시 이번에도 마찬가지다.

홍란루에 도착하여 안으로 들어가자 반가운 얼굴이 보였다.

"어서 오십시오."

광준상단의 복윤 소단주다.

"언제 오셨습니까?"

"오늘 막 낙양에 도착했습니다."

우리는 미소를 지으며 인사를 주고받았다.

"오시느라 고생하셨겠네요."

"저 아래쪽이 회합장소가 아니라서 다행이었습니다."

하긴, 호북이나 강남이 회합장소였다면 저 요녕에서부터…….

아이고, 상상만 해도 끔찍하네.

그때 광준상단주가 다가왔고, 복윤 소단주와 함께 아버지에게 인사를 했고 아버지는 그 인사를 받아 주셨다.

하지만 아직 복윤 소단주와 이야기를 길게 할 때가 아니다.

"서호야, 우선 다른 분들에게 인사부터 하자꾸나."

"네."

다른 백대 상단의 상단주나 그 후계자에 준하는 이들과 인사를 주고받는 것은 아주 중요하다.

상계에서는 능력도 중요하지만, 인맥을 통해서 이루어

지는 일도 많다.

예를 들어 큰 사업을 하거나 할 때, 가장 먼저 찾게 되는 것은 자신이 믿을 만한 사람이다.

그리고 이곳에 참석한 이들은 백대 상단의 상단주나 그 후계자들이 대부분.

그만큼 어느 정도 능력도 있고, 서로 믿을 만한 이들이라는 뜻이기 때문에 이곳에서 맺는 인맥은 상당히 귀중하다.

물론, 보이지 않는 신경전도 있지만.

그렇게 나는 아버지의 소개를 받아 다른 상단의 상단주들과 인사를 나누었다.

지난번에도 만났던 이들이 상당수니, 내가 아는 척을 해도 되지만 아버지와 함께 있는 만큼 아버지가 나를 소개해 주는 것이 예의다.

하여 얌전히 아버지가 나를 소개하는 것을 기다렸고, 그렇게 모든 분과 인사를 나누었다.

그리고……

"오! 저번에 이어 이번에도 만나게 되었군."

"남궁강 상단주님을 뵙습니다."

백천상단의 남궁강 상단주도 이번 회합에 자리했다.

솔직히 별로 보고 싶지 않은 얼굴이었다.

하지만 이제는 예전처럼 심장이 두근거리거나 식은땀이 흐르지 않았다.

그의 휘하에 있던 인재인 허운을 빼돌렸다는 것이나,

그들에게 갔어야 할 기물을 내가 챙겼다는 것을 통해 자신감을 얻었기 때문이다.

"그래, 즐거운 시간 되게나."

"네. 감사합니다."

나는 고개를 들고 그의 뒷모습을 보았다.

기대해도 좋아.

내가 당신의 뒤통수를 거하게 후려치고, 또 땅에 처박아 줄 테니까!

그렇게 모든 상단주들과 인사를 하고 나서야 나는 내 또래의 이들과 대화를 나눌 수 있었다.

"또 뵙는군요."

"네."

"……."

여전히 과묵한 사강 소단주와, 나와 절친한 친우가 된 복윤 소단주, 홍낭상단의 한백건 소단주 등등.

어느덧 나도 이번 생에서 여러 또래와 인연을 맺었구나.

"그나저나 이번에도 이 은패를 지키는 여흥을 즐긴다고 하더군."

"네, 그렇다더군요."

"그러고 보니 저번 회합 때 은 소단주는 은패를 지켰다고 들었네."

한백건 소단주의 말에 나는 고개를 끄덕였다.

"그랬죠."

"비결……."

"저 역시 비결을 알고 싶습니다."

나는 웃으며 말했다.

"비결까지는 아닙니다."

그리고 주변을 슥 살피고는 작은 목소리로 말했다.

"그냥 주변의 모든 것을 의심하면 됩니다. 이를테면……."

나는 손을 뻗어 복윤 소단주의 멱살을 잡고 그대로 바닥에 메쳐 버렸다.

쾅–!

"이게 무슨 짓인가?"

놀란 한백건 소단주가 소리쳤다.

하지만 나는 가소롭다는 듯 손을 탁탁 털었다.

"이렇게 가짜가 진짜인 척할 수도 있기 때문입니다."

"가짜라니?"

솔직히 나에게 시선이 집중되는 건 달갑지 않지만, 내 친우를 흉내 낸 건 참을 수가 없어서 말이지.

이자가 가짜인 건 금방 알아차렸다.

기운이 달랐으니까.

방금까지만 해도 진짜였던 복윤 소단주가 가짜로 바뀌었다는 건 즉, 지금 진짜 복윤 소단주는 어딘가에 억류되어 있다는 의미.

그게 나를 화나게 했다.

"내, 내가 가짜라니! 그게 무슨 막말을 하는 겁니까? 게다가 이런 짓을……. 정식으로 항의할 겁니다!"

"쉿!"

나는 손가락을 입에 대며 말했다.

"조용히 하십시오. 몸 성하게 돌아가고 싶으면."

내 말에 가짜 복윤 소단주는 움찔했다.

그때 누군가 물었다.

"그런데 이자가 가짜라는 증거가 있습니까?"

하긴 나는 기운을 느낄 수 있어서 이자가 가짜임을 알아차렸다.

하지만 다른 이들은 그 정도까지 무공을 익히지 못했으니 모르겠지.

또한, 절정의 경지에 이른 자라고 해도 유심히 살피지 않으면 모를 정도로 절묘한 분장을 하긴 했다.

그리고 복윤 소단주를 범행 대상으로 삼은 이유도 알 것 같다.

광준상단이 요녕이라는 먼 곳에 있는 만큼 교류가 그리 활발하지는 못했으니까.

그러니 위화감을 알아차릴 만한 자들이 없다.

그 부모님이 계시긴 하지만, 다른 상단주들과 대화하느라 바쁘다 보니 미처 신경 쓰지 못했고.

그러면 호위무사들은 뭐 했냐고?

이 연회장 안에는 호위무사들이 들어오지 않는 것이 암묵적인 예의니까.

대신 주최자가 고용한 경비들이 곳곳에 서 있었다.

아무튼, 이자가 가짜임을 다른 이들이 인정할 만한 증거 정도는 있다.

그 정도 생각도 없이 일을 저지르진 않았지.

"복윤 소단주는 이미 저에게 은패를 지키는 비결에 대해 들었습니다. 그러니 비결을 알고 싶다는 말이 아닌 다른 말이 나와야 하는 것 아닙니까?"

"그, 그건 분위기를 맞춰 주려고……."

"그건 뭐 그렇다고 칩시다. 그런데 손이 너무 고운 거 아닙니까? 저 북쪽에서 이곳까지 말고삐를 잡고 달려왔습니다. 그럼 손이 거칠어져야 하는데 말입니다."

손이 상하는 것을 막기 위해 손에 천을 두르긴 해도, 한계가 있었으니까.

"내가 그 말에 넘어갈 줄 알았습니까? 마차를 타고 왔으니 당연히……."

미간을 잔뜩 찌푸린 채 우리를 보고 있던 광준상단주가 노기 가득한 목소리로 외쳤다.

"마차는 무슨! 윤은 말을 타고 왔다!"

"……!"

그나저나 아버지도 알아차리지 못할 정도로 정교한 분장이라니…….

춘일만큼이나 뛰어난 재주네.

하지만 사전조사가 좀 부족했다.

광준상단주 복임길은 아들의 얼굴을 한 가증스러운 자를 노려보았다.

방금 그의 발언을 통해 그가 자기 아들이 아님을 알 수 있었다.

복윤은 마차 멀미가 심했기에 거의 마차를 타지 않았으니까.

그건 극히 일부만 아는 사실이다.

이자가 아들이 아니라면, 진짜 아들은 대체 어디에 있단 말인가?

그걸 생각하자 자신의 피가 얼어붙는 듯했다.

그는 이번 연회를 주최한 세빈상단주 인강수에게 말했다.

"호위무사를 이 안에 들이는 것을 허락해 주십시오."

"물론이오."

즉시 복임길은 밖에서 대기 중이던 호위무사들을 불렀다.

"당장 이자를 포박하고, 저 가증스러운 얼굴을 벗겨 내라!"

"네!"

그들은 가짜 복윤 소단주를 포박했고, 그 얼굴의 인피면구를 벗겨 냈다.

쫘아악-!

인정사정없이 인피면구를 벗기면서 피가 좀 흘렀지만

모두 그런 건 안중에도 두지 않았다.

역시, 그 아래 드러난 얼굴은 전혀 다른 얼굴이었다.

"내 아들을 어떻게 했느냐?"

서릿발 같은 복임길의 외침에 그는 덜덜 떨며 말했다.

"주, 죽이지 않았습니다! 그저, 묶어서…… 창고 안에 던져 놨을 뿐입니다."

"뭣이!"

퍽-!

"커헉!"

복임길이 그를 향해 주먹을 휘둘렀고 그는 바닥을 나뒹굴었다.

그걸 차가운 눈으로 보며 복임길이 호위무사들에게 명했다.

"창고로 가자!"

"네!"

하지만 그는 무언가 사람이 부족하다는 것을 느꼈다.

아까까지만 해도 옆에 있던 은서호가 보이지 않았다.

그가 아니었다면 이자가 아들을 흉내 내고 있음을 전혀 알아차리지 못했을 거다.

자기 아들에게 해를 입히는 줄 알고 그를 노려봤던 자신이 부끄러워졌다.

"그런데 은 공자는?"

"아까 저쪽으로 향했습니다."

* * *

나는 창고로 달려가고 있다.

이전 삶에서도 몇 번이나 왔던 곳이기에 이곳의 구조 정도는 꿰고 있다.

그렇기에 알 수 있었다. 이곳에서 복윤 소단주를 숨길 만한 곳은 창고밖에 없다는 것을.

물론 나 혼자는 여러모로 곤란했기에 사강 소단주의 도움을 받기로 했고, 그는 내 도움 요청을 흔쾌히 허락했다.

황실에 무기를 납품하는 홍련상단의 소단주다.

그리고 무기를 만든다는 건 무기에 대한 이해가 있어야 하는 법.

무기를 이해하는 가장 좋은 방법은 무공을 익히는 것이다.

그 역시 무공을 익혔고, 과묵하다고 할 정도로 입이 무거운 사람이다.

복윤 소단주가 어떤 꼴로 있을지 예상되었기에 그에게 도움을 청한 것이다.

내가 제대로 짚었는지, 창고로 다가갈수록 복윤 소단주의 기운이 느껴졌다.

창고는 자물쇠로 단단히 잠겨 있었고, 사강 소단주는 문을 그대로 걷어찼다.

쾅—!

문이 한 방에 박살 났다.

그걸 보며 사강 소단주가 상당히 힘이 세다는 것을 알 수 있었다.

그러고 보니, 홍련상단의 후계자가 되기 위해서는 십 년 이상 야장 일을 해서 야장들의 인정을 받아야 한다고 했지.

"복윤 소단주! 여기 계십니까?"

"읍! 읍읍!"

그때 누군가의 신음이 들렸고, 나는 즉시 그곳으로 달려갔다.

"……."

곧 복윤 소단주를 발견했지만, 그 모습은 썩 보기 좋지 않았다.

손발이 기둥이 묶여 있고, 재갈이 물린 상태로 속옷만 걸친 상태였다.

그 모습을 보자, 다시금 분노가 솟았다.

감히 내 친우를 이런 꼴로 만들어?

나는 분노를 억누르며 비수를 꺼내 묶은 밧줄을 잘라 그를 풀어 주었다.

"후! 구해 줘서 고맙습니다."

"대체 어쩌다가……."

"잠시 난간에 서 있었는데…… 정신을 잃은 모양입니다. 깨어나 보니 여기더군요."

"일어날 순 있습니까?"

그는 몸을 일으켜 손발을 움직여 보더니, 고개를 끄덕였다.

"다행히 다친 곳은 없는 듯합니다."

나는 안도의 한숨을 내쉬며 겉옷을 벗어 그의 몸에 걸쳐 주었다.

그때, 밖에서 광준상단주의 목소리가 들려왔다.

"윤아! 어디 있느냐? 윤아!"

"아버지, 저 여기 있습니다!"

그 외침에 광준상단주와 그 호위무사들이 창고 안으로 들어왔다.

다행히 늦지 않았군.

호위무사들에게 부끄러운 꼴을 보이기 전에 내가 수습해서 말이지.

"윤아!"

그는 아들을 안고 안도의 한숨을 내쉬었다.

"그 가짜를 보고 너라고 생각한 이 아비를 용서해 다오."

"네? 가짜라니요? 그게 무슨?"

영문을 모르겠다는 그에게 자초지종을 설명한 자는 세빈상단주였다.

연회의 주최자인 만큼 복윤 소단주의 안전을 확인해야 했기 때문에 광준상단주를 따라 들어온 것이다.

"우선 이런 불미스러운 일이 생긴 것에 대해 주최자로서 사과하겠네. 그리고 사정을 설명하자면, 자네의 얼굴

을 한 자가 자네 행세를 했다네. 그걸 여기 은서호 소단
주가 알아차렸지."

"아……."

"은 소단주가 아니었다면, 자네는 더 오랜 시간 고초를
당했을 거라네."

이에 복윤 소단주는 나에게 포권했다.

"정말 감사합니다. 이 은혜를 어찌……."

"은혜랄 것도 없습니다. 우리는 친우가 아닙니까? 친
우가 친우를 위해 나섰을 뿐인데 그걸 보고 은혜라고 하
는 자는 없습니다."

"은 소단주……."

복윤 소단주는 감동한 눈으로 나를 보았다.

"그나저나 이번 일로 인해 이번 백대상단 회합이 나쁜
기억으로 남게 될까 걱정입니다."

내 말에 그는 고개를 저었다.

"아닙니다. 이로 인해 저는 다시금 큰 교훈을 얻었습니
다."

그리 말하는 그의 두 눈빛이 단단했다.

복윤 소단주가 그리 말하니, 다행이지만…….

"그나저나 그자는 대체 왜 그런 짓을 했다고 합니까?"

세빈상단주가 쓴웃음을 지으며 답했다.

"이번에 은패를 싹쓸이하려고 그랬다고 하더군."

"……."

할 말이 없었다.

은패가 백대 상단 회합의 여흥이기는 하지만, 그래도 지켜야 할 선이라는 게 있다.

그자는 그 선을 좀 많이 넘었고.

"은패를 지키는 여흥은, 은패를 훔치는 것에 대해서만 면죄해 줄 뿐. 그 외의 범죄에 대해서는 면죄해 주지 않는다는 것을 간과했기에 그런 짓을 벌인 것이지."

세빈상단주가 말했다.

"아무래도, 우리 상인들이 저들에게 얕보였나 보네."

겉으로는 허허 웃고 있지만, 그 눈빛은 매섭고 싸늘했다.

상인이란 족속은 일견 자존심도 없는 이들처럼 보일 때가 있지만, 사실 그 누구보다 자존심이 강한 이들이다. 자존심을 세우는 영역이 다를 뿐.

그리고 그 가짜는 세빈상단주의 자존심을 건드렸다. 자신이 주최한 연회에서 이런 일이 생겼으니 말이다.

이제 그자는 큰일 났군.

그래도 내 몫은 남겨 주셨으면 좋겠는데 말이지.

나 역시 친우를 이런 꼴로 만든 것에 대한 대가를 치르게 해 줘야 속이 시원할 것 같으니까.

다시 말하지만, 난 성격이 좋지 않다.

"도련님! 여기 계십니까요? 명하신 대로 옷 가지고 왔습니다요!"

이곳으로 오기 전에 팔갑에게 전음으로 부탁한 게 있었다.

가짜가 복윤 소단주의 옷을 입고 있다는 건, 복윤 소단주의 옷이 벗겨져 있다는 의미였으니까.

객잔이 가까운 곳에 있어서 다행이었다. 팔갑이 손에 보따리를 들고 숨을 헐떡였다.

"여기 있습니다요."

"고마워."

나는 그것을 받아 복윤 소단주에게 내밀었다.

"제 옷을 가지고 오라고 했습니다. 이 회합은 저희 상인들에게 중요한 회합이 아닙니까? 급한 대로 이걸 입고 회합에 참여하시는 게 좋을 듯합니다."

"고맙소."

"정말 고맙네. 은 소단주."

복윤 소단주와 그 아버지인 광준상단주는 나에게 무척이나 고마워했다.

그 먼 요녕에서부터 이곳까지 온 이유가 백대상단 회합 때문이다.

물론 용봉비무회 같은 것도 있지만, 상인들 입장에서는 백대상단 회합이 가장 중요하다.

이런 일 때문에 숙소로 돌아가기에는 아까운 기회일 터.

복윤 소단주는 내 옷을 입었다.

팔갑이 가지고 온 옷은 내가 입지는 않았지만, 원래 후보로 삼았던 옷인 만큼 고급스럽고 화려했다.

이런 자리에서 모양 빠질 정도는 절대 아니라는 뜻이다.

게다가 옷 크기 역시 잘 맞았고.

"어떻습니까?"

"이렇게 좋은 옷을 빌려 주셔도 되는 겁니까?"

"네."

그 옷은 아까 복윤 소단주가 입었던 옷보다 훨씬 더 화려했다.

잘 어울리네.

.

.

.

잠시 후.

우리는 다시 연회장으로 왔다.

아버지가 내게 다가오자, 광준상단주가 아버지께 포권했다.

"은서호 소단주에게 큰 은혜를 입었소이다."

"험험, 서호가 도움이 되었다니 아비 된 저도 기쁩니다."

"이 은혜, 잊지 않겠소이다."

그렇게 두 분이 서로 인사를 나누는 모습을 지켜볼 때 저쪽에서 한백건 소단주가 나에게 손짓했다.

나는 복윤 소단주, 사강 소단주와 함께 그쪽으로 향했다.

"돌아오셔서 다행이오. 별일은 없으셨소?"

복윤 소단주는 웃으며 고개를 끄덕였다.

"은 소단주 덕분에 무사합니다."

"아까 어찌나 식겁했는지!"

그러는 사이 다른 이들도 우리에게 다가왔다.

"이게 정말 무슨 일인지…… 괜찮은 것이오?"

"네. 괜찮습니다."

"아무리 은패가 탐이 나도 그렇지…… 쯧쯧."

문득 나는 그 가짜가 보이지 않는다는 것을 알아차렸다.

"그자는 어디에 있습니까?"

"아, 그자는 우리 상단의 호위들이 끌고 갔소이다."

이에 대답해 준 이는 세빈상단의 소단주의 아들인 인공자였다.

차차기 상단주로 내정된 인물로, 그 역시 상재가 뛰어나긴 했지만 그 조부나 아버지만큼은 아니었다.

"그렇습니까?"

"보아하니, 이번에는 은패를 지키는 여흥은 없을 것 같소이다."

"아무래도 그렇겠죠."

이런 상황에서 은패를 훔친다?

그럼 그 배포, 인정해 줄 만하다.

"그리고 지금 공범을 추궁하고 있소이다."

하긴……. 복윤 소단주가 당한 일은 결코 한 명이 할 수 있는 일이 아니다.

회합장 안의 경비들은 물론이고, 그 누구에게도 들키지

않고 복윤 소단주를 창고에 가둔 건 조직적으로 움직여야 가능한 일이다.

분명 여러 명의 공범이 있을 터.

물론 이 안에는 은패를 노리고 온 이들이 제법 된다. 그러나 그들이 모두 그 가짜의 공범이라고는 할 수 없으니……

아. 그리고 보니 춘일도 아버지와 함께 낙양에 왔다고 했었지?

.

.

.

회합이 끝났다.

세빈상단주가 공식적으로 회합의 종료를 선언했고, 하나둘씩 돌아가기 시작했다.

"서호야. 우리도 이만 가자꾸나."

"네. 아버지."

나는 다른 이들에게 인사를 하고 부모님과 함께 객잔으로 돌아왔다.

객잔으로 돌아가는 길에 조심스럽게 아버지께 말씀드렸다.

"아버지. 춘일 대원을 만나고 싶습니다."

"객잔 창문에 쪽빛 천을 늘어트려 놓으면 찾아올 거다. 오늘 일 때문이냐?"

"네."

나는 고개를 끄덕였다.

"제 친우를 건드린 자입니다. 그냥 둘 수는 없지 않습니까?"

그런 나를 바라보시던 어머니께서 고개를 끄덕이셨다.

"나 역시 이번에는 그자들이 선을 심하게 넘었다고 생각한단다. 그러니 하려면 확실히 하거라."

어머니가 그리 말씀하실 줄은 몰랐다.

그러고 보니 저번에 내가 복윤 소단주를 노리던 암살자에게서 구해 준 일에 대한 보답으로 엄청난 수의 준마를 보냈었다.

그 일을 계기로 하여 어머니와 복윤 소단주의 어머니 사이에 친분이 생긴 모양이다.

하긴⋯⋯.

어머니는 무가의 여식이셨지.

그리고 요녕 쪽은 그 험한 자연환경 때문인지 여인들도 말을 타고 활을 쏜다고 했다.

그러니 어머니와 죽이 잘 맞았을 거다.

아무튼, 어머니께서도 이리 말씀하시니 확실히 하지 않을 수가 없네.

* * *

객잔으로 돌아온 나는 쪽빛 천을 창문에 늘어트려 놓았다.

다음 날 아침.

서신이 도착했다. 오늘 점심 먹기 전 유미반점과 채일반점 사이의 골목으로 오라는 서신이다.

나는 채비를 하고 그곳으로 향했다.

잠시 그 사이에서 기다리고 있자니, 한 노파가 나에게 다가왔다.

허…….

나도 모르게 감탄이 나왔다.

춘일의 기운이 느껴지지 않았다면 진짜 노파라고 생각했을 거다.

그는 나에게 말을 걸었다.

"이번 연회 때 제법 흥미로운 일이 있었다지요."

"예, 하지만 저는 불쾌했습니다. 그자가 건드린 사람이 제 친우거든요."

우리의 대화에 팔갑은 물론이고 호위무사들도 깜짝 놀란 표정이다.

특히 서우 무사는 고개를 절레절레 저었다.

하긴, 이 정도 변장 실력은 되어야 황궁의 일을 알고 아버지에게 보고할 수 있었겠지.

내 말에 춘일은 한숨을 내쉬었다.

"예전부터 욕심이 많던 녀석이라 언젠가 사고를 쳐도 크게 칠 거라고 예상은 했지만……."

"그런데…… 그쪽도 그렇고 어제 그놈도 그렇고 변장술이 참 뛰어나군요."

춘일은 고개를 끄덕였다.

"그럴 수밖에요. 같은 스승 아래에서 배웠으니 말입니다."

그 말을 듣자마자 이해가 됐다.

어쩐지 변장을 잘한다 했어.

"그러면 스승께서는?"

"한 세가의 보물을 털다가 걸려서 죽었습니다. 간신히 도망치기는 했는데, 칼에 베인 곳이 덧나 버렸습니다."

"……."

나는 헛기침을 했다.

"험험, 그러면 제자는 몇 명이나 있었습니까?"

"그 근성이 녀석이랑 저, 이렇게 둘뿐이었습니다. 엄밀히 말하면 제가 사형입니다."

"그렇군요. 그런데 그자의 이름이 근성입니까?"

"네. 근성이 있다고 해서 스승님이 그리 이름을 지어 줬습니다."

혹시 했는데, 진짜냐?

내가 어처구니없어하는데, 춘일이 미간을 찌푸리며 말을 덧붙였다.

"그런데 뭔가 좀 이상합니다."

"……?"

"그 녀석이 욕심이 많긴 하지만, 그렇게까지 하지 않아도 그곳의 은패들을 다 털 수 있을 만한 실력인데 왜 그런 무리수를 두면서까지……."

음?

"제가 손을 털기 전까지만 해도 그놈이랑 번갈아 가면서 은패를 싹쓸이했었습니다."

그 말을 듣고 보니 확실히 이상했다.

춘일과 쌍벽을 이룰 정도의 변장 실력이다.

그렇다면 위험부담 없는 점소이 등으로 변장하여 훔쳐도 충분했을 텐데, 왜 군이 백대상단 회합에 참석한 자중 하나를 납치하는 무리한 방법을 사용했을까?

잠시 고민했지만 이내 답이 나왔다.

은패가 목적이 아니었던 거겠지.

분명 다른 목적이 있었을 텐데, 문제는 그걸 어떻게 알아내느냐다.

"혹시 그와 함께 이번 일을 한 공범들에 대해 조사 가능합니까?"

"물론입니다."

나는 주머니에서 금자를 꺼내 내밀었다. 햇빛을 받아 반짝이는 금자를 본 춘일의 눈이 커졌다.

"이, 이건 뭡니까?"

"이건 제 개인적인 의뢰가 아닙니까? 하여 드리는 의뢰금입니다."

춘일은 금자를 받아 품에 넣고는 그 자리에 넙죽 엎드렸다.

"충성을 바치겠습니다."

"아, 그리고……."

"네, 말씀하십시오."

"그 근성이라는 자의 약점이 뭡니까? 아무래도 협박을 좀 해야 할 것 같아서 말입니다."

.

.

.

그날,

점심을 먹고 복윤 소단주가 머무르고 있는 객잔으로 향했다.

같이 만나서 점심을 먹어도 되지만, 미리 약속되어 있지 않았으니까.

친한 사이이니 그냥 찾아가서 식사를 같이 해도 되지 않냐는 이들도 있겠지만, 나는 친한 사이에도 지켜야 할 예의가 있다고 생각한다.

그래서 점심을 먹기 전 팔갑에게 전갈을 보내라고 했고, 방문 허락을 받았다.

"어서 오십시오!"

복윤 소단주가 나를 반갑게 맞아 주었다.

"점심 식사는 맛있게 하셨습니까?"

"네. 간단하게 만두 먹었습니다."

"만두는 언제나 맛있는 음식이지요. 들어와서 차 한잔하시지요."

복윤 소단주가 머무는 객잔 역시 제법 좋은 객잔이었다. 그리고 그곳에는 광준상단뿐만 아니라 다른 상단에서도 머물고 있었다.

낙양이 아무리 큰 곳이라고 해도, 백대상단의 이들이 머물 만큼 좋은 객잔이 그리 많은 건 아니었으니까.

하여 그 소단주와 인사를 하고는 복윤 소단주의 객실에 들어갔다.

"차는 입에 맞으십니까?"

"무척 좋은 차군요. 맛도 있고요."

"입에 맞으시니 다행입니다. 그런데…… 단순히 놀러 오신 건 아닌 듯합니다."

"왜 그리 생각하십니까?"

"지금 바쁘시지 않습니까? 원래도 그렇지만, 이번에는 용봉비무회를 앞두고 약재도 책임지고 있으실 텐데요."

그렇다.

우리 은해상단은 여러 분야로 영역을 넓혀 가고 있지만, 원래 약재로 유명한 상단.

그리고 수많은 부상자가 나오는 비무회이기에 그만큼 약재에 대한 수요가 많다.

물론 용봉비무회에 참가하는 이들은 기본적인 약들을 챙겨 오기는 한다.

하지만 그 이상의 약이 필요할 때도 있고, 기존에 가져왔던 약이 상했을 때도 있다.

그러다 보니 우리 상단 입장에서는 나름 대목이라고 할 수 있는 시기다.

"솔직히, 그렇긴 합니다. 그래도 친우의 얼굴을 보고

싶다는 마음이 더 크긴 했습니다."

"말씀만으로도 감사하군요. 그래서 용건이 뭡니까?"

"어제 소단주님을 흉내 냈던 그 가짜를 만나 보고 싶습니다. 제가 그자의 정체를 밝혀냈다고는 하지만, 저보다 피해자였던 소단주님이 그자를 만나러 가는 것이 더 그림이 좋아 보여서 말입니다."

내 말에 그는 고개를 끄덕였다.

"사실, 저도 그자의 면상을 보고 싶긴 했습니다. 그럼 그곳에 방문 서신을 보내야겠군요."

"아, 미리 보내놨습니다. 그리고 허락을 받았죠."

"……빠르시군요."

우리는 세빈상단의 지부가 있는 곳으로 향했다.

이곳 낙양에는 세빈상단 낙양지부가 있었고 그들은 그곳에서 머물고 있었다.

"어서 오십시오."

우리를 맞아 준 이는 이번 회합에서도 봤던 인 공자.

"조부님과 아버지께서는 바쁘셔서, 부득이하게 제가 이리 나왔습니다."

"아닙니다. 공자께서 맞아 주시는 것으로도 감사합니다."

"그러면 차라도 한잔하시겠습니까?"

"말씀은 감사하지만, 어제의 그자를 먼저 만나 보고 싶습니다."

"알겠습니다. 저를 따라오시지요."

우리는 인 공자의 안내를 받아 뇌옥으로 향했다. 사실 사적으로 누군가를 가두는 건 안 되지만 그것도 얼마든지 빠져나갈 방법은 있다.

이를테면 뇌옥을 빌려준다는 명분 같은 거 말이다.

뇌옥으로 향하며 우리는 인 공자에게 간단한 설명을 들었다.

"최선을 다해 심문하고 있지만, 제법 강단이 있는 놈인지 혼자만의 범행이라고 주장하고 있습니다."

"그렇군요. 꽤나 독한 놈이네요."

곧 우리는 뇌옥에 당도했고, 내가 멱살을 잡아 내팽개친 그자를 볼 수 있었다.

벽에 매달린 그의 몸 가득한 상처를 보니 제법 독하게 심문을 당했구나 싶었다.

우리가 다가가자 그는 눈을 떴다.

"아, 이름은 밝혀냈습니다. 근성이라고 하더군요."

어제 들었던 이름 그대로다.

나는 그 말을 들으며 그와 눈을 마주쳤다.

내가 그의 정체를 밝히고 바닥에 메쳐서 이 꼴이 된 셈이니, 나에 대한 증오가 가득할 거라 생각했다.

하지만 오히려 그의 눈에 가득한 것은 안도감.

그렇다는 것은 은패가 주 목적이 아니라는 뜻이 확실하다.

나는 인 공자에게 말했다.

"잠시, 둘이서 이야기하고 싶습니다."

"그건⋯⋯."

곤란하다는 표정이었지만, 나는 적당한 핑계를 댔다.

"사업적으로 민감한 사안이 오갈 것 같습니다. 그러니 양해를 좀 부탁드립니다."

"⋯⋯."

잠시 고민하던 그가 고개를 끄덕였다.

"알겠습니다. 대신 뭐 알아낸 것이 있으면 반드시 말씀해 주십시오."

"물론입니다."

그렇게 인 공자와 복윤 소단주까지 자리를 뜨자, 나는 근성에게 다가가 말했다.

"은패를 노리고 그런 짓을 벌였다고 들었습니다. 하지만 제 개인적인 정보제공자가 그러더군요. 당신은 그런 무리수를 두지 않았어도 은패를 싹쓸이했을 거라고."

그는 입술을 깨물었다.

"그래서, 진짜 목적이 뭡니까?"

"⋯⋯."

그는 입을 굳게 다물었지만, 내게는 춘일에게 들은 정보가 있다.

"여동생이 있다고 들었습니다."

"⋯⋯!"

그의 눈이 커졌다.

춘일은 고아였던 근성에게는 여동생이 있음을 말해 주

었다.

그가 도둑이 된 이유도 여동생을 먹여 살리기 위해서였
다고.

"이렇게까지 고초를 당하면서도 끝까지 입을 열지 않
는 것을 보면, 여동생이 인질로 잡혀 있는 겁니까?"

"헉!"

"그래서 누굽니까? 가족을 인질로 잡으면서까지 이런
일을 시킨 놈이."

"마, 말할 수 없습니다. 말하면 그자는 제 여동생을……."

"제가 여동생분을 지켜드리지요."

춘일이 나에게 근성의 여동생에 대해 말해 준 이유는,
내가 근성의 여동생을 도와줄 것을 알기 때문일 테니까.

이러니저러니 해도 사제를 마음 쓰고 있는 거다.

"그자는 귀수검(鬼手劍)이라는 고수를 고용했습니다."

귀수검?

내 기억대로라면 검을 쓰는 흑도 출신의 무인이다.

귀수검이라 불리는 이유는 그의 손속이 귀신의 손속이
라고 할 정도로 잔혹했기 때문이다.

그리고 돈을 밝힌다.

그래서 돈이 된다면 그 어떤 더러운 의뢰라도 받아들이
는 것으로 유명했다.

그렇기에 더더욱 그 목적이 의문이었다. 이런 일에 귀
수검이나 되는 고수를 고용하다니…….

"그자가 절정의 고수라서 그렇습니까?

"맞습니다."

나는 피식 웃고는 주변에 널려 있던 쇠말뚝 하나를 집어들어 서우 무사에게 내밀었다.

"이거 잘라 보세요."

내 팔뚝만 한 쇠말뚝이다.

보통은 그걸 검으로 내리치면, 검날만 상한다. 하지만 검기를 쓸 수 있다면 이야기가 다르다.

"알겠습니다."

서우 무사는 말뚝을 받아 들었고, 그걸 벽을 향해 던졌다.

푹-!

벽에 박힌 말뚝을 향해 검을 휘둘렀다.

서걱-!

툭,

두부처럼 순식간에 잘려 떨어지는 쇠말뚝을 보며 근성은 턱이 빠질 듯 입을 떡 벌렸다.

"이 정도면, 귀수검을 잡을 수 있을 것 같지 않습니까?"

그는 경악을 가라앉히고는 간절한 눈빛을 보냈다.

"제 여동생 가족을 지켜 준다는 약속, 반드시 지켜 주십시오."

"물론입니다."

.

.

.

그날 밤.

나는 서우 무사와 진유 무사를 대동하고 근성이 알려준 곳으로 향했다.

은밀히 행해야 하는 일이기에 두 무사만 대동하고 이런 한밤중에 이동하는 것이다.

근성의 여동생이 사는 집.

현재 여동생은 출가하여 평범하게 살고 있다고 했다.

기척을 죽이고 그곳으로 다가가자, 그 집을 감시하는 자의 기운이 느껴졌다.

역겹군.

나는 단번에 그가 귀수검이라는 것을 알 수 있었다.

그나저나 이 낙양에 귀수검이라니…….

무림맹이 무섭지 않은 건지, 아니면 자신의 무공에 자신이 있는 건지…….

하긴 무림맹에서도 이런 자들을 일일이 신경 쓰진 않겠지.

별다른 사고를 치지 않는 한, 알면서도 모른 척할 수도 있고.

- 갑시다.

내 전음에 서우 무사와 진유 무사가 고개를 끄덕였다. 서우 무사가 그에게 다가갔다.

"넌 뭐냐?"

그 물음에 서우 무사는 문답무용으로 검을 휘둘렀다.

귀수검의 경지는 절정.

왜 그런 실력을 가지고 이런 더러운 짓을 하는지 모르 겠지만, 내 알 바 아니다.

그래도 그 실력이 헛소문은 아닌지 서우 무사의 공격을 피했다.

"젠장!"

이내 진유 무사도 가세해 협공에 나섰다.

나 역시 놀고만 있지 않았다.

이곳에는 귀수검뿐만 아니라 이곳을 감시하는 다른 이 들이 있었으니까.

흑도의 기운을 품고 있는 이들이다.

그 말은 즉, 자비가 필요 없다는 의미이다. 이 정도로 흑도의 기운이 쌓일 정도면 지금까지 꽤나 잔혹한 짓을 저질렀다는 의미니까.

나는 은무검을 뽑아 들고는 그들에게 쇄도했다.

"헉! 누구…… 컥!"

그러나 그들의 말은 길게 이어지지 않았다. 내 검이 그 들의 목을 그었기 때문이다.

그때였다.

빈틈을 노리고 빠져나가는 놈이 있었다.

누구 맘대로.

진설십이식검법의 네 번째 초식인 설풍과 아홉 번째 초 식인 설광을 합친 초식이 내 손에서 펼쳐졌다.

쾌검에 극쾌를 더한 검.

은무검은 눈에 보이지도 않을 빠르기로 쏘아져 나갔

고, 그대로 그의 머리에 박혔다.

퍽-!

나는 그에게 다가가 은무검을 회수했다. 그렇게 다른 감시자들을 제거하는 사이, 귀수검과 두 호위무사의 싸움 역시 끝이 보였다.

푸욱-!

진유 무사의 검이 뒤에서 귀수검의 심장을 찌르고, 나비처럼 날아오른 서우 무사의 검이 그의 목을 베면서 끝났다.

털썩.

나는 귀수검의 시신을 싸늘한 눈으로 일별하며 말했다.

"수고하셨습니다."

이로써 근성의 여동생의 안전은 확보했다.

이제 남은 건 근성을 통해 그런 짓을 시킨 놈을 추포하는 것.

우선, 관에 신고하긴 해야겠지.

길을 가다가 이들의 시신을 발견했다고 하면 될 거다.

·

·

·

며칠 후.

팔갑이 나에게 새로운 소식을 알려 주었다.

"영씨상방이 쑥대밭이 되었다고 합니다요."

백대 상단 급은 아니지만, 나도 이름을 알 만큼 규모 있는 하북성의 상단 중 하나다.

"관군들뿐만 아니라 무림맹의 무사들까지 들이닥쳤다고 합니다요. 귀수검이라는 흑도와 관련이 있다는 정황이 있어서 말입니다요."

이미 근성에게 자백을 들어 알고 있는 이야기다.

"그러니까 왜 그런 짓을 해서는……."

그때 한 무리의 이들이 객잔 안으로 들어오는 기척이 느껴졌다.

곧 아버지의 목소리가 들렸다.

"서호야! 세빈상단주께서 찾아오셨다."

문이 열리기 무섭게 세빈상단주가 내게 다가와 두 손을 덥석 잡았다.

오실 건 예상했지만, 생각보다 빨리 오셨네.

60장. 용봉들이 모인다

용봉들이 모인다

세빈상단주가 나에게 말했다.

"고맙네. 자네 덕분에 내 목숨을 구할 수 있었네."

그래, 그랬지.

귀수검이 죽었음을 확인한 근성이 자세한 사정을 자백했을 때도 다른 분들이 바빠서 인 공자만이 같이 있었다.

하여 일이 좀 정리된 후 이렇게 직접 오신 듯했다.

그때 팔갑이 재치 있게 나섰다.

"저, 차를 들여왔습니다요. 목을 좀 축이면서 이야기하시지요."

"아! 제가 자리도 권하지 않았군요. 어서 앉으십시오."

우리는 다탁 앞에 앉았다.

이번에 근성이 복윤 소단주의 모습을 했던 건 단지 은패를 노리고 그런 게 아니었다.

그가 정말 노렸던 건 세빈상단주의 목숨이었다.

그래서 원망하는 눈빛이 아닌 안도하는 눈빛으로 나를 바라봤던 거다.

"영씨상방의 방주를 심문했고, 왜 그리했는지 이유를 알아냈네. 공을 들이던 벼루 산지를 우리 쪽에서 가져간 것을 두고 앙심을 품었던 것이지."

그런 시시한 이유로 사람을 죽이려고 한 거야?

물론 그것보다 훨씬 더 시시한 이유로도 사람을 죽이는 세상이긴 하지만…….

그나저나 절정무사인 귀수검까지 고용했으면, 차라리 그를 통해 암살할 것이지 왜…….

하지만 세빈상단주 옆에 서 있는 중년의 무사를 보자, 그 의문이 풀렸다.

거암진검(巨巖眞劍)이라 불리는 초절정의 고수.

초절정은 웬만한 문파나 무가에서도 한두 명밖에 없는 수준이다.

왜 그런 고수가 세빈상단주의 호위무사로 만족하는지 이유를 알게 된 건 지난 삶에서였다.

흔하다면 흔한 이야기지만, 세빈상단주에게 목숨을 구해졌고, 그 은혜를 갚기 위해 평생 그를 호위하기로 맹세했다고 한다.

그 후로 수십 년째 그 마음이 변하지 않고 언제나 바위처럼 그 옆을 지키는 모습에 거암진검이라는 명호가 붙었다.

그런 자가 곁을 지키고 있는데, 그 어떤 자객이 세빈상단주의 목숨을 취할 수 있을까?

하지만 호위무사를 들이지 않는 곳이 있었으니, 바로 백대상단의 회합장이다.

서로 간의 신뢰를 바탕으로 이루어지는 회합이다. 그렇기에 간단한 소지품 검사도 하지 않았다.

그런 만큼 비수를 숨겨 들어와 세빈상단주를 공격한다면 속수무책으로 당할 수밖에 없다.

하지만 내가 근성의 변장을 알아차리지 못했어도 이번 암살은 성공하지 못했을 거다.

내 지난 삶에서 세빈상단주는 노환으로 돌아가셨으니까.

그리고 솔직히 초절정부터는 평범한 인간이라고 할 수 없다.

내가 아니더라도 거암진검 대협이 근성의 살기를 알아차리고 조치를 취했을 거다.

그런데 내 지난 삶에서 영씨상방은 쑥대밭이 되진 않았었는데…….

근성은 끝내 자백하지 않고 죽었다는 건가?

세빈상단주가 말을 이었다.

"이 모든 건 자네가 그자의 정체를 알아차리고, 자백까지 할 수 있게 해 준 덕분이네. 나는 그 보답을 꼭 하고 싶다네. 원하는 게 있는가?"

원하는 거라…….

상대는 천하제일상단의 상단주다.

물론 원하는 건 많지. 하지만 그걸 지금 빼먹는 건 손해다.

"저는 괜찮습니다. 당연히 해야 할 일을 했을 뿐인데, 어찌 이걸 보답해야 한다고 하십니까? 저에게는 이번 회합이 무사히 끝났으며, 늦지 않게 제 친우를 구할 수 있었으며, 또한 이 상계를 든든히 지탱해 주시는 상단주님께서 무사하시다는 것이 보답입니다."

"허허, 왜 사람들이 자네를 선협미랑이라 부르는지 알 것 같네."

저 명호는 참 익숙해지지가 않는다.

내가 머쓱한 표정을 짓자, 그는 호탕하게 웃으며 말했다.

"좋네! 훗날, 내 도움이 필요할 때면 언제든지 나를 찾아오게나. 내 기쁜 마음으로 도와줄 터이니."

세빈상단주는 자리에서 일어나더니, 옆에 있던 아버지에게 말했다.

"이리 왔으니, 상단주에게도 차 한 잔 얻어 마셔야겠소."

"좋습니다. 저희 상단이 차에는 일가견이 있죠."

아버지는 세빈상단주와 함께 객실로 향하셨다. 당연히 아버지의 입가에는 미소가 가득했다.

천하제일상단의 상단주와 대화를 나눌 기회는 쉽게 얻을 수 있는 기회가 아니었으니까.

하지만 거암진검 대협은 세빈상단주의 뒤를 따르지 않

고 그 자리에 남았다.

그는 가만히 나를 바라보더니 입을 열었다.

"은 소단주의 경지가 그리 고강한지 미처 몰랐소."

"……!"

역시 초절정의 고수답게 내 경지를 알아본 것이다.

하지만 그는 더 이상 내 실력에 대해 말하지 않고 포권하며 감사를 표했다.

"이 단율, 은 소단주에게 감사를 표하오. 덕분에 내 맹세를 지킬 수 있었소이다. 이 은혜 잊지 않겠소."

그리고 몸을 돌려 세빈상단주가 간 쪽으로 향했다.

나는 뒷목을 긁적였다.

얼떨결에 대단한 두 사람에게 은혜를 입혔네.

아!

그러고 보니 한 가지 해야 할 일이 있구나.

그건 근성이라는 자의 목숨을 구하는 일이다.

춘일이 내게 부탁했었다. 목숨만은 구할 수 있게 해 달라고.

"저, 대협."

나는 얼른 객실 밖으로 나가 거암진검 대협을 불렀다.

"왜 그러시오?"

"저, 상단주님께 드릴 말씀이 생각났습니다."

．

．

．

근성의 신병은 생각보다 쉽게 넘겨받을 수 있었다.

비록 복윤 소단주를 납치하긴 했지만, 협박을 받아 그리했다는 것과 그 배후를 밝힌 것에 정상참작을 받은 것이다.

복윤 소단주와 내 탄원도 있었고.

나는 직접 세빈상단에 가서 그를 데리고 객잔으로 돌아왔다.

근성은 내 방에 들어오자마자 내 앞에 무릎을 꿇었다.

호된 심문으로 몸이 성치 않았음에도 무릎을 꿇어서 그런지, 바닥에 피가 배고 있었다.

꽤 아플 텐데.

"제 목숨을 구해 주시고, 제 여동생의 목숨까지 지켜 주신 것 정말 감사드립니다."

"저는 약속을 지켰을 뿐입니다. 그나저나 앞으로 어찌하실 생각인가요?"

"……."

그는 한참 망설이다가 겨우 입을 열었다.

"그냥……."

"그냥 그렇게 살던 대로 사실 생각이신가요?"

"……!"

움찔하는 것을 보니, 정곡을 찔렀나 보네.

"사실…… 이제 와서 개과천선하기에는 도둑질이 몸에 배어 버렸습니다."

그건 춘일과 같네.

그리고 춘일의 말대로라면 그대로 보내기에는 좀 아까웠다.

"그럼, 그 도둑질의 대상을 바꿔보시죠."

나에게는 춘일이라는 훌륭한 개과천선의 사례가 있다. 이왕 이리된 거, 내가 거두는 것도 나쁘지는 않겠지.

"그게 무슨 말씀이신지?"

"제가 생명의 은인이죠?"

"맞습니다."

"그렇다면, 저를 위해서 정보를 훔쳐 주세요."

그렇게 나는 정보대의 대원 하나를 더 손에 넣을 수 있었다.

.

.

.

며칠 후.

나는 아버지와 함께 객잔을 나섰다.

오늘이 무림맹의 '자리선정'을 하는 날이었기 때문이다.

무림맹에서는 용봉비무회가 열리는 장소를 중심으로 하여 상업 구역을 정했다.

그리고 각 상인에게 공간을 대여하는 것이다.

무림맹에서는 이를 두고 상인들이 무질서하게 난입하여 수많은 피해가 발생하는 것을 막기 위함이라고 했다.

하지만 내가 볼 때 비무회는 무림맹이 여는데 그 반사

이익을 상인들이 홀랑 먹어 버리는 것이 배가 아팠던 것 같다.

정말 무질서함을 막기 위해서라면 자리비를 받지 않아야 하는 거 아닌가?

하지만 무림맹에서는 참가하는 상인들에게 적잖은 자리비를 받았다.

무림맹에서 그리한다는데, 상인들이 뭘 어찌할 수 있을까?

따를 수밖에.

그래도 순찰대를 보내어 보호는 해 주니까.

사실 나는 지금 기분이 썩 좋지는 않다. 왜냐하면, 자리선정을 하는 장소가 무림맹이었기 때문이다.

사실, 자리선정을 하는 곳이 무림맹이라는 것은 알고는 있었다.

이전 삶에서도 몇 번이나 갔었으니까.

사실 별 실감은 나지 않았다.

하지만 자리선정의 날이 다가오면서 조금씩 체감이 되기 시작했다.

지난 삶에서 나를 죽였던 이들이 근무하는 곳이라는 것이 주는 압박감은 생각보다 컸다.

손발이 차가워지고, 식은땀이 흐르기 시작했다.

젠장, 또 시작이네.

하지만 그런 나를 일깨운 건 아버지셨다.

"에휴, 또 이날이 왔구나."

언뜻 들어도 탐탁지 않아 하시는 목소리.

"무림맹 무사들이 또 얼마나 기고만장하게 행동할지 생각만 해도 분통이 터지는구나."

내 시선에 아버지께서 한숨을 내쉬셨다.

"아…… 너는 처음이라 모르겠구나. 하지만 곧 알게 될 거다. 무림맹이 얼마나 콧대가 높은 곳인지."

아버지 말씀 덕분에 이전 삶에서의 기억들이 떠오르기 시작했다.

비무회의 자리선정을 비롯해서 무림맹을 통해 무언가를 거래할 때마다 그들이 보인 태도는 진짜 열 받았지.

돈을 밝히는 천한 상인들과 마지못해 상종한다는 듯 우리를 대했기 때문이다.

우리 상인들이 없으면 오히려 곤란한 건 저들인데 말이지.

나를 죽였던 이들이 근무하는 무림맹에 간다는 사실 때문에 잔뜩 긴장하느라 잊고 있던 기억이 떠올랐고, 그 분노는 긴장감을 밀어냈다.

"하지만, 절대 경거망동해서는 안 된다. 참고 또 참아라. 알겠느냐?"

"네. 아버지."

"후! 저들과 부딪치면 우리만 손해라는 것이 참 씁쓸하구나."

"……."

그 진중하신 아버지가 저리 반응하실 정도로 그들

은…… 개싸가지였지.

곧 우리는 무림맹에 도착했다.

착-!

문지기는 창을 교차하여 우리를 막았다.

"신분과 방문 목적을 밝히십시오."

"소상들은 이번 자리 선정을 위해서 방문했습니다. 은
해상단의 상단주 은길상과 소단주 은서호입니다."

"또 상단인가. 뭐 주워 먹을 게 있다고 이렇게 꾸역꾸
역 몰려오는 건지."

그 말에 이가 바득 갈렸다.

이 새끼들이!

한낱 문지기도 이렇게 비아냥거릴 정도였으니, 이들보
다 더 높은 자리에 있는 이들은 어떻겠는가?

젠장.

"그래도 입에 풀칠하려면 어쩌겠습니까? 하하하."

"신분패."

"아, 네! 여기 있습니다."

아버지와 나는 신분패를 내밀었고, 그걸 확인한 그들은
그걸 던지듯 돌려주었다.

"뭐, 들어가 보게."

"감사합니다."

저 새파란 것이 아버지뻘인 분에게 반말이라니!

버릇을 밥 말아 먹었나!

그래도 저들이 함부로 하지 못하는 상인도 있긴 하다. 바로 남궁강 상단주와 세빈상단주다.

남궁강 상단주야, 남궁세가의 일원이자 무림맹의 중진 중 하나였으니까.

그리고 세빈상단주의 경우, 그 옆의 거암진검 대협 때문이다.

문지기 정도가 감히 초절정고수 앞에서 무례할 수 있을까?

그 목이 제대로 붙어 있길 원한다면 언행에 조심할 수밖에.

아…….

이렇게 생각하니까 좀 부럽긴 하네.

어쨌든 아버지와 나는 자리선정을 하는 곳으로 향했다. 찾아가는 건 그리 어렵지 않았다.

떡하니 팻말이 세워져 있었기 때문이다.

그리고 시종과 호위무사들은 따라 들어오지 못했기에 맹 바깥에서 기다리고 있어야 했다.

곧 우리는 자리선정 장소에 도착했다.

"어서 오시오."

"또 뵙는군요."

이곳에 모인 이들 중에는 내가 아는 얼굴이 상당수였다. 그야 백대 상단의 이들은 한 곳 빼고 전부 모여 있었으니까.

이번에는 백대상단이 아닌 다른 상단 사람들도 있었기

에 아버지의 소개를 받아 그들과 안면을 틀 수 있었다.

그렇게 얼마나 기다렸을까?

"험험! 모두 조용히 하시게나!"

그때 누군가 거드름 피우는 목소리가 들렸다. 그 얼굴을 보는 순간 나도 모르게 표정 관리에 실패할 뻔했다.

이전 삶에서 수없이 봤던 얼굴이다.

무림맹 내총관의 밑에서 일하는 자인데, 자신이 내총관인 줄 착각하면서 사는 자다.

그나저나 오랜만이네.

무림맹의 돈을 빼돌리다가 걸려서 죽었다지?

지금도 돈을 빼돌리고 있을 터.

하지만 내가 그걸 굳이 무림맹에 알려 줄 이유는 없다.
저자가 빼돌리는 돈은 무림맹의 돈이니까.

그자의 뒤에서 두 명의 무사가 커다란 통을 들고 왔다.
그 통 안에는 숫자가 적힌 나무패가 들어 있다.

"그럼, 이번 용봉비무회 상업구역의 자리선정을 시작하겠소이다!"

그는 몇 가지 주의사항을 말하고는 우리를 보며 말했다.

"그럼 한 명씩 나와서 패를 하나씩 뽑으시게."

그 말에 상단의 상단주들이 직접 앞으로 나가 통 안에서 나무패를 뽑았다.

곧 우리 차례가 왔고, 아버지께서는 나무통 안에서 패를 뽑으셨다.

"은해상단, 삼 구역의 이십일 번!"

삼 구역이라니, 제법 좋은 구역이다.

나는 주변을 슥 둘러보았다. 역시나 남궁강 상단주는 보이지 않았다.

그도 그럴 것이, 백천상단은 무림맹 산하 상단.

그렇기에 그곳의 자리는 이미 정해져 있었다.

자리선정을 마치고 우리는 자리를 등록하면서 자리비를 냈다.

솔직히, 아까워서 손이 떨렸다.

그렇게 며칠이 지났다.

그사이 은해상단 본단에서 출발한 이들이 물건을 가지고 낙양에 도착했다.

우리 은해상단이 이번에 주로 팔 것은 약재다.

금창약이나 내상약을 만들어 파는 곳도 있긴 했지만, 생각보다 약재만 구해서 직접 만들어 사용하는 곳도 제법 되었기 때문이다.

그리고 차와 포목과 실 등도 준비했다.

차를 마시는 건 제국 사람들의 습관이었기에 필수적으로 구비해야 한다.

그리고 비무를 하다 보면 생각보다 옷이 많이 상했기에, 그걸 수선할 수 있는 재료가 필요했으니까.

그렇게 준비를 마쳤을 때, 어느덧 거리는 사람들로 북적이기 시작했다.

오늘부터 닷새간, 용봉비무회의 참가 접수 기간이다.

참가 인원을 파악하는 건 중요한 일.

하여 나는 접수처로 향했다.

그런데 한쪽 구석에서 한 무리의 이들이 언성을 높이고 있었다.

"그리 잡아떼시면 된다는 겁니까?"

"왜 생사람 잡는 건데?"

"자꾸 그리 나오시면 저희도 참지 않겠습니다!"

그런데 그 목소리가 어딘가 익숙했다.

설마?

나는 그곳으로 향했고 순간 한숨을 내쉬었다.

내 사촌이자 사천성에 있어야 할 은향옥 누님이 거기에 있었다.

아니, 향옥 누님, 여기서 뭐 하시는 겁니까?

향옥 누님은 사천지부 숙부님의 장녀지만, 아미파의 제자기도 하다.

그래서인지 다른 아미파의 제자들과 함께 있었는데, 언성이 높아져 있는 것을 보니 앞에 있는 이들과 시비가 붙은 듯했다.

건장한 네 명의 거한들.

그런데 그 차림새를 보아하니 명문 정파의 자제들은 아닌 듯했다.

명문 정파의 자제들은 뒤로는 구릴지 몰라도 보이는 건 신경 쓰는 편이니까.

그나저나 향옥 누님이 이 시기에 여기 오셨다는 건 이번 용봉비무회에 참가하시겠다는 건데…….

지금 일촉즉발의 순간이다.

괜히 먼저 손을 썼다가는 비무회 참가는커녕 비무회 기간 내내 뇌옥에 갇혀 있을 수도 있다.

설령 누님이 손을 쓰지 않더라도 열 받아서 입을 여는 순간, 상대방 남자들의 영혼이 탈탈 털려서 재기 불능에 빠질 수도 있다.

저들의 자업자득이지만, 그로 인해 누님의 악명이 쌓일 수도 있다.

그건 안 되지.

어차피 쌓일 악명이지만, 조금이라도 줄여야지.

나는 한숨을 내쉬며 끼어들었다.

"향옥 누님 아니십니까?"

"어? 너는 서호 아니냐?"

향옥 누님을 나를 알아보았다.

"여기는 어쩐 일이냐?"

"저희도 용봉비무회 때문에 왔습니다."

"아, 그렇겠네."

"그런데 무슨 일입니까? 어째 좀 소란스럽습니다."

"아아……."

향옥 누님이 귀찮은 듯 말했다.

"우리가 비무회 접수를 위해 서 있었는데, 저 남자들이 우리를 저속한 말로 모욕했단다."

향옥 누님의 말에 그 남자들이 발끈했다.

"우리가 언제 그랬다고!"

"아까부터 계속 생사람 잡네?"

하지만 향옥 누님과 아미파 제자들이 생사람을 잡을 리는 없다.

무공을 익힌 이들이 잘못 들었을 리도 없고.

그러니 향옥 누님의 말대로 저 거한들이 잘못한 것일 테지만, 이래서는 결판이 나지 않을 듯했다.

나는 주변을 슥 둘러보았다.

향옥 누님 일행은 접수를 위해 서 있던 상황인 만큼 이곳에는 다른 이들도 있다.

다만 귀찮거나 말려들고 싶지 않아서 외면하고 있을 뿐.

나는 그들을 비난할 생각은 없다.

그들의 입장도 이해가 되니까.

그렇다면.

나는 포권하며 말했다.

"대협들에게 청합니다. 방금 저희 누님께서 모욕을 당하신 일이 있었습니다. 혹시 이에 대해 보고 들은 것이 있다면 말씀해 주시기 바랍니다."

나는 말을 이었다.

"감사의 의미로 은자 한 냥씩을 드릴……."

"제가 들었습니다!"

내 말이 끝나기도 전에 누군가 손을 번쩍 들었다. 옆에 있던 한 남자였다.

"제 옆에 있던 저 남자들이 '저 여자들, 딱 봐도 성격이 꽤 있어 보이는데 잠자리에서도⋯⋯'."

그 이어지는 말을 들으며 속으로 헛웃음을 지었다.

아놔, 이 ×새끼들⋯⋯.

"증언에 감사드립니다."

나는 얼른 주머니에서 은자 하나를 꺼내어 그 남자에게 주었다.

내가 진짜 은자를 준다는 것을 보자, 사람들의 눈빛이 돌변했다.

"저, 저도 들었습니다."

"저도 할 말이 있습니다!"

그렇게 증언들이 쏟아지기 시작하자, 난처해진 건 거한들이었다.

"이 정도면 순찰대에게 이 일을 인계해도 될 듯하군요."

내 말에 그들은 순식간에 태도가 바뀌었다.

"죄송합니다. 저희가 실례를 저질렀습니다."

"저희가 나쁜 놈입니다."

"이번 한 번만 봐주시면⋯⋯."

쯧쯧. 저놈들은 남자들의 수치다.

하지만 이번 일에 대한 결정권은 내가 아니라, 피해를 당한 누님 일행에게 있다.

나는 속으로 혀를 차며 누님에게 물었다.

"누님, 어찌할까요?"

내 물음에 누님은 다른 이들과 의논한 후 말했다.

"이런 일로 인해 청운의 꿈을 안고 온 이들의 꿈을 꺾는 것도 뭣한 일이니, 다시 이런 일이 있을 경우 그 어떤 조치도 받아들이겠다는 서약을 한다면 이번 일은 불문에 그치겠습니다."

"알겠습니다. 그럼 제가 금방 서약서를 써 오겠습니다. 그리고 공중은……."

나는 씩 웃었다.

"제가 볼 때 아미파의 제자분들만 오신 건 아닌 듯합니다만?"

"맞습니다. 해청 사부님께서도 함께 오셨습니다."

그 말에 거한들의 낯빛은 더욱 파리해졌다.

해청신니(偕淸神尼).

그녀는 제법 명성을 떨치고 있는 고수로, 무심검(無心劍)이라는 명호까지 가지고 있다.

평소 다정한 그녀의 성격과 달리 여인들을 겁탈하는 등의 범죄를 저지른 이들에 대해서는 그 검이 비정하기가 그지없었기에 그런 명호가 붙은 것이다.

애초에 그녀가 아미파의 제자가 된 것이 간살당한 언니의 복수를 위해서였으니까.

그리고 향옥 누님의 사부이기도 하기에 그분이 함께 왔음은 짐작하고 있었다.

"접수는 저희끼리 할 수 있기에 저희만 이곳에 왔고,

사부님께서는 지금 다른 분들과 대화 중이십니다."

"그럼, 그분께 공증을 부탁드리면 되겠군요."

"살려 주십시오!"

"저희 죽습니다!"

거한들이 간절한 표정으로 외쳤다.

그러게, 죽을 짓을 왜 하셨습니까?

향옥 누님이 옅은 미소를 지으며 말했다.

"괜히 바쁜 분을 오라 가라 할 순 없지 않느냐? 공증 없이 그냥 서약서만 받으마. 저들도 무인이라면 맹세를 저버리지 않겠지."

"누님의 의향이 그러시다면, 그리하지요."

그렇게 그들은 아미파 제자들과 향옥 누님에게 연신 감사를 표하고는 서약서에 수결한 후 부리나케 사라졌다.

오늘은 민망하니 접수하지 못하겠고, 내일쯤 조용히 와서 다시 접수하겠지.

"그나저나, 성격이 나쁜 건 여전하구나."

향옥 누님의 말에 나는 하하 웃었다.

"누님도 참, 누가 들으면 제가 진짜 성격이 나쁜 줄 알겠습니다."

"사실인데 뭐."

"……"

누, 누님이 그리 말씀하시면 저 상처 받습니다.

"아무튼, 도와줘서 고맙구나."

향옥 누님의 눈이 부드럽게 휘어졌다.

"뭘요. 다른 사람도 아니고 향옥 누님과 일행분이 어려움에 처하셨는데 당연히 도와야지요."

이어서 우리는 향옥 누님의 일행과 인사했다.

"아! 소개가 늦었네요. 제 사촌 동생입니다."

"은해상단의 소단주 은서호입니다."

"감사합니다."

그녀들은 나에게 포권하여 고개를 숙였다.

"그런데, 저희 때문에 돈을 많이 쓰셔서…… 괜히 송구합니다."

증인을 모으기 위해 은자를 제법 썼으니까.

한 열 냥 정도?

하지만 나는 괜찮다는 듯 손을 저었다.

"돈이란 써야 할 때 써야 하는 거라고 생각합니다. 저에게 그리 큰돈도 아니고요. 그러니 괘념치 않으셔도 됩니다."

나는 말을 이었다.

"무엇보다 제 돈이 여협들을 도울 수 있어서 기쁩니다."

"그리 말씀해 주시니 감사할 따름입니다."

그렇게 인사를 주고받고는 향옥 누님에게 물었다.

"그런데 누님께서 이렇게 오셨다는 건, 누님께서도 이번 용봉비무회에 참가하시는 겁니까?"

"응. 맞아."

향옥 누님이 고개를 끄덕였다.

"해청 사부님께서 참석을 권하셨거든. 그래서 다른 진산제자들과 함께 이렇게 왔단다."

아…….

그러고 보니 이번에 정식으로 진산제자가 되셨다고 했지.

원래는 속가제자로 들어가셨지만, 그 재능을 탐낸 분들이 누님을 끈질기게 설득했다고 하던가?

숙부님께는 향옥 누님 말고도 다른 형제와 자매가 있으니, 다른 걱정 없이 그런 결정을 하신 듯하다.

아미파의 진산제자가 되면 혼인을 할 수 없으니까.

아무튼, 내가 죽을 때 즈음 향옥 누님께서는 제법 이름을 날리셨는데……

문득 내가 죽은 후에 어찌 되셨는지 궁금해졌지만, 이내 고개를 저었다.

의미 없는 궁금증일 뿐이니까.

이번에는 그런 개죽음은 절대 없을 거고.

그러다가 순간 떠오른 기억.

향옥 누님이 이름을 날리게 된 계기가 용봉비무회였지. 그럼 그 용봉비무회가 이번 비무회인가?

"누님과 다른 여협들의 무운을 빌겠습니다."

"고맙구나."

"감사합니다."

"그리고 저는 연풍객잔에 머물고 있으니, 시간이 되시면 방문해 주십시오."

"백부님도 함께 계시니?"

"네. 부모님 모두 같이 오셨습니다."

"그렇다면 가서 인사를 드려야겠구나."

"누님께서는 어디에 머물고 계십니까?"

"유월객잔에 머물고 있단다."

"그러시군요."

그렇게 대화를 마무리 짓고 나는 연풍객잔으로 향했다.

"왔느냐?"

"네. 아버지."

내가 객잔에 들어서자 마침 부모님께서는 일 층에 내려와 계셨다.

원래라면 회합이 끝나고 어머니께서는 본단으로 돌아가셔도 되지만, 무가의 여식인 어머니에게 용봉비무회는 반드시 보고 싶은 여흥이었다.

하여 복윤 소단주의 어머니와 함께 참관하신다고 한다.

나는 부모님 앞에 앉으며 말했다.

"방금 향옥 누님을 만났습니다."

"향옥이라면…… 명상이의 장녀 향옥을 말하는 것이냐?"

"네. 아미파의 다른 제자들과 함께 이번 용봉비무회에 참가한다고 합니다."

내 말에 어머니께서 두 손을 마주하며 말씀하셨다.

"어머! 그러니? 이번 비무회를 보는 즐거움이 늘었구나!"

어머니의 말씀에 나는 말없이 웃었다.

사실, 향옥 누님이 유명해진 건 그 실력도 실력이지만…… 독설 때문이었으니까.

음, 향옥 누님의 독설에 영혼까지 털릴 이들에게 미리 애도를 표한다.

사실, 독설을 자제하고 있는 향옥 누님을 자극한 그들의 자업자득이지만.

"아…… 그리고 약간 문제가 있어서 제가 좀 도움을 주었습니다."

.

.

.

그날 저녁, 향옥 누님이 곧바로 연풍객잔으로 찾아왔다.

부모님이 와 계시다고 하니 곧바로 찾아온 모양.

"은향옥, 백부님과 백모님을 뵙습니다."

"여기서 만나니, 더욱 반갑구나. 부모님은 잘 있느냐?"

"네. 두 분 다 무탈하십니다."

그리고 이런저런 대화가 이어졌다.

"그나저나 오늘 무슨 문제가 있었다고 하던데 괜찮은 것이냐?"

"네. 서호 덕분에 일은 잘 해결되었습니다. 심려하지 않으셔도 됩니다."

"그렇다니, 다행이구나."

아버지의 말에 이어 어머니께서 말을 이으셨다.

"혹시 내일, 너와 아미파의 다른 여협들이 시간이 되느냐?"

향옥 누님은 잠시 생각하다가 대답했다.

"내일 별다른 일정은 없습니다."

"잘됐구나. 내일 저녁을 대접하고 싶어서 물어봤단다."

어머니께서는 살포시 웃으셨다.

"너와 동고동락하는 이들인데, 큰어머니로서 면을 세울 수 있게 해 주렴."

"알겠습니다. 사부님께 말씀드려 보겠습니다."

"그래, 이왕이면 사부님도 함께 모시고 오도록 하렴."

"그러겠습니다."

그렇게 대화가 끝나자, 아버지께서 내게 말했다.

"서호야. 향옥을 배웅해 주고 오거라."

저녁에 찾아온 데다가, 이런저런 이야기를 나누다 보니 바깥이 깜깜해졌다.

"괜찮습니다. 혼자 갈 수 있습니다."

향옥 누님의 말에 아버지가 말을 이으셨다.

"물론 나도 네가 혼자서 잘 갈 수 있음을 알고 있다. 하지만 지금은 수많은 이들이 이곳에 모여 있다. 그러니 조심해서 나쁠 건 없지. 더군다나 너는 비무회의 참가를 앞

두고 있지 않느냐? 허허. 그냥 백부의 노파심이라고 생
각하거라."

"……."

향옥 누님이 작게 미소를 지으며 고개를 숙였다.

"백부님의 말씀에 따르겠습니다."

그리고 누님은 나를 보며 말했다.

"그러니까, 잘 부탁해."

"네. 여부가 있겠습니까?"

그렇게 나는 진유 무사를 제외한 세 명의 호위무사들과
함께 객잔을 나섰다.

"유월객잔이라고 하셨죠?"

"기억력 좋네."

"제가 원래 기억력이 좀 좋지 않습니까?"

이런저런 이야기를 하다 보니 금세 유월객잔에 당도했
다.

그 앞에는 중년의 여인이 서 있었다.

백색의 무복에, 검은색 허리띠를 맨 그녀의 얼굴에는
자애로움이 가득했지만 그 눈빛은 상당히 단단해 보였다.

나는 그녀가 누군지 알 것 같았다.

해청신니.

향옥 누님의 사부이다.

"아! 사부님! 왜 나와 계세요?"

"너를 기다렸지. 그런데 옆의 젊은 소협은?"

그 물음에 향옥 누님이 얼른 나를 소개했다.

"아까 말씀드렸던 제 사촌 동생이에요."

"은해상단의 소단주, 은서호라고 합니다."

"아미파의 제자, 해청입니다. 이야기 들었어요. 우리 제자들을 도와주셔서 감사드립니다."

"아닙니다. 누님도 계시고 해서 약간의 도움을 드린 것뿐입니다."

그렇게 겸양하고는 향옥 누님에게 말했다.

"그럼 저는 이만 가 보겠습니다."

그리고 해청신니께도 포권을 해 보이고는 다시 연풍 객잔으로 돌아왔다.

.
.
.

다음 날, 나는 우리 은해상단이 배정받은 구역으로 향했다. 그리고 다시 이런저런 것들을 점검했다.

"역시 셋째 소단주님께서는 대단하십니다."

그런 나를 보며 이번 용봉비무회의 판매를 담당한 윤 행수가 말했다.

"처음 맞으십니까? 어떻게 이렇게 미비한 것만 콕콕 짚으시는지! 감탄했습니다."

윤 행수님, 제가 사실은 용봉비무회를 한두 번 겪는 게 아니거든요.

그러나 그걸 말할 수 없기에 그냥 멋쩍게 웃을 뿐이었다.

아직 본격적인 판매는 아니다.

지금은 접수 기간이었고, 예선은 닷새 후였으니까.

그렇게 분주하게 일을 마무리하고는 다시 연풍객잔으로 향했다.

오늘 아미파의 제자들이 우리가 머무는 객잔으로 와서 저녁 식사를 하기 때문이다.

오늘 아침, 향옥 누님이 허락을 받았다고 전해 줬다.

내가 객잔에 도착하고 한 일각 후, 아미파의 제자들이 도착했다.

"이리 초대해 주셔서 감사합니다."

"제 초대에 응해 주셔서 제가 오히려 감사드립니다."

그때 해청신니가 어머니를 보며 말했다.

"그런데, 부인…… 혹시 저희 구면 아닙니까?"

해청신니의 말에 어머니는 고개를 갸웃했다. 그러자 해청신니께서는 웃으며 말씀하셨다.

"혹시 영선 민가의 여식 아니십니까?"

"그걸 어찌?"

"이십여 년 전, 제 사부님을 따라 잠시 감숙성에 갔었을 때 영선 민가에 방문한 적이 있었습니다."

"아…….."

어머니가 반갑게 웃으셨다.

"저도 이제 기억이 나네요. 수정사태님과 함께 오셨던 그분이시군요."

"네. 맞습니다."

"세상 참 좁네요. 이렇게 다시 뵙게 될 줄은 몰랐어요."

"저 역시 그렇습니다."

해청신니는 자애로운 웃음을 지었다.

"이리 오래전의 인연을 마주하게 되니, 반갑습니다."

"그나저나 해청신니께서 제 조카의 사부님이시라니! 인연이란 참 묘하네요."

그때 아버지가 부드럽게 말을 꺼냈다.

"회포는 좀 있다가 푸시고, 지금은 식사를 먼저 하는 것이 어떻겠습니까? 제자들이 기다리고 있습니다."

"어머! 그렇군요."

"그게 좋겠습니다."

우리는 모두 자리에 앉았고, 음식들이 나오기 시작했다. 어머니가 특별히 주문한 사천 음식들이다.

나는 해청신니와 대화를 나누는 어머니를 보며 생각에 잠겼다.

영선 민가.

그곳은 어머니의 친정이다.

하지만 나는 거의 가 본 적이 없다. 어렸을 때 한두 번 간 기억이 있는 정도.

내가 열다섯 살이 되고부터는 바쁜 데다가 거리도 멀어서 가지 못했다.

그러다가 나중에 후회했었지.

외조부님과 외조모님께서 돌아가시기 전에 한 번이라도 더 찾아 뵐 것을 하고 말이다.

이번에는 그런 후회 하지 말아야지.

그런데 아미파의 제자들은 생각보다 잘 먹지 못했다. 향옥 누님만이 음식을 거의 흡입 수준으로 드실 뿐.

왜지?

무림인들은 몸을 쓰는 이들이라서, 남녀노소 가리지 않고 엄청나게 먹어 대는데?

입에 맞지 않나?

그때 향옥 누님이 한숨을 내쉬며 나에게 말했다.

"서호야."

"네, 누님."

"다 먹었으면 올라가 있어라."

"네?"

"지금 너 때문에 사매들이 이 맛있는 음식을 앞에 두고 끼적거리고 있잖아."

나는 무슨 말인지 이해가 가지 않아서 고개를 갸웃할 수밖에 없었다.

그때 팔갑이 호들갑을 떨며 끼어들었다.

"에이, 참! 도련님도! 도련님처럼 잘생긴 남자가 그렇게 부담스럽게 보고 있는데 어떤 여자가 게걸스럽게 먹습니까요?"

"그, 그런 거였어?"

"제가 볼 때 아마 남자들도 그렇게는 못 할 겁니다요."

"……여기서 남자가 왜 나오는데?"

"암튼, 그렇다는 말입니다요. 그러니까 먹는 거 방해하지 말고 후딱 올라갑시다요."

그렇게 나는 팔갑의 손에 끌려 내 객실로 향했고, 힐끔 뒤를 바라보았다.

그제야 음식을 흡입하는 아미파 제자들을 보며 나는 뭔가 멋쩍어졌다.

그런데 팔갑아, 넌 왜 또 그리 신났냐?

* * *

식사를 마친 해청은 제자들을 데리고 그들이 머무는 유월객잔으로 향했다.

안 그래도 예선전을 앞두고 이곳까지 오느라 고생한 제자들에게 맛있는 음식을 사 줄 생각이었다.

든든히 먹어두어야 힘이 나는 법이니까.

그런데 뜻하지 않게 이런 대접을 받게 되었다.

오늘 제자들이 비무회 접수를 위해 갔다가 불한당들로부터 모욕을 받았다는 말을 전해 들었다.

장문인의 서신을 전달하기 위해 제자들만 보낸 것이 못내 후회되었다.

서신은 나중에 전하더라도 제자들과 함께 움직여야 했다. 그래서 그런 추잡한 짓을 한 놈들에게 매운 맛을 보여 주었어야 했다.

아니, 그곳에 자신이 있었다면 그 어떤 놈들이 더러운

혓바닥을 굴릴 수 있었을까?

그녀에게는 언니가 한 명 있었다.

언니는 일찍 돌아가신 부모님을 대신해 그녀를 애지중지 키웠다.

그런 언니는 그녀에게 있어 세상의 전부였다.

하지만 한 색마에게 간살당했고, 그녀도 그 색마에게 당할 뻔했다.

그 색마를 베고, 자신을 구해 준 건 사부님이었다.

그녀는 언니의 복수를 하고 싶었다.

물론 그 복수는 사부님이 대신 해 주었지만, 언니가 죽을 때의 모습이 잊히지 않았으니까.

그보다도 그렇게라도 결심하지 않으면 자신은 살 수 없을 것 같았다.

언니는 항상 그랬다.

꿋꿋하게 살다 보면 언젠가 행복한 순간이 올 거라고.

그러니까 꿋꿋하게 살겠다고 약속해 달라고.

그녀는 언니와의 약속을 지키기 위해 복수의 길을 택한 것이다.

사부님은 아미파의 제자였다.

그녀는 사부님에게 매달렸고, 결국 아미파의 기명제자가 되었다.

다행히 그녀에게는 재능이 있었다.

준수한 재능에 독기가 더해지자, 그녀의 무공은 눈에 띄게 발전했고 마침내 진산제자가 될 수 있었다.

그리고 처음 참가했던 용봉비무회.

그곳에서 그녀는 자신을 저열한 말로 희롱하던 한 무가의 자제를 무자비하게 깨부수는 것으로 그 이름을 알리기 시작했다.

그리고 그녀가 지금까지 베어 버린 색마들의 수는 고스란히 그녀의 명성이 되었다.

'그나저나…… 향옥의 사촌이라…….'

진산제자가 된 은향옥에게 그녀는 향옥이라는 법명을 주었다.

향옥이란 이름이 그녀에게 딱 어울리기도 했을뿐더러, 그게 은향옥이 진산제자가 되는 조건 중 하나였기 때문이다.

그리고 어제, 그녀의 사촌 동생이라는 은서호를 본 순간 그녀는 내색을 하지 않았지만 깜짝 놀랐다.

분명 무공을 익힌 듯했는데 그 경지를 자신이 제대로 가늠할 수 없었기 때문이다.

즉, 절정 이상의 경지라는 뜻이다.

그 나이에 절정 이상이라니, 어지간한 기연이 아니고서는 설명할 수 없는 수준이다.

'하지만 자신의 경지를 숨기는 것 같은데…….'

그게 아니라면 굳이 제자들을 도와줄 때 돈을 써서 돕지 않았을 테니까.

'그냥 기세만으로도 그들을 굴복시킬 수 있는데 말이지.'

향옥에게 넌지시 떠봤지만, 모르는 기색이었다.

그래서 그녀 역시 이를 아는 척하지 않았다.

그리고 오늘,

해청은 아주 오래전의 인연을 마주할 수 있었다.

사부님과 함께 방문했었던 감숙성 영선 민가.

연검으로 유명한 그 가문의 차녀는 웬만한 문파의 후기 지수들 못지않게 뛰어난 재능을 가지고 있었다.

당시 사부님의 주선으로 그녀와 비무를 했고, 해청은 완패했었다.

언젠가 무림에서 다시 만나겠구나 생각했는데, 뜻밖에도 상인의 부인이 되어 있던 것이었다.

그녀와 남편이 서로를 바라보는 눈빛에 사랑과 신뢰가 가득한 것을 보니 정략혼 같은 건 아닌 듯했다.

'그런 무림에서의 명성을 등지고 상인의 부인이 될 만큼 연모했다는 거구나.'

문득, 해청은 그런 그녀가 부럽다는 생각이 들었다.

그리고, 은서호는 그 어머니의 재능을 이어받은 듯했다.

'하지만, 아무리 그래도 그 나이에 절정은 말이 안 되지만 말이지……'

왠지 이번 용봉비무회에서는 재밌는 일이 생길 것 같다는 예감이 들었다.

* * *

어느덧 시간은 흘렀고, 비무회 접수가 마감되었다.

그리고 오늘 드디어 용봉비무회의 예선전 시작이다. 그 말은 즉, 본격적인 영업 시작이라는 의미다.

우리 앞쪽의 천막에는 면포에 일필휘지로 써 내려간 글자가 바람에 펄럭였다.

[팔인약방의 야심작! 긴장성 배탈, 소화불량, 두통 등에 특효약 안심환(安心丸)]

[각종 상비약 구비]

이번에 팔인약방에서도 용봉비무회 특수를 누리기 위해 참가했다.

그리고 내 조언을 받아들여 긴장으로 인한 각종 증상에 대한 약을 만들었다.

이전 삶에서 이 용봉비무회에 여러 번 왔었고, 생각보다 긴장해서 아픈 이들이 많다는 것을 알게 되었기 때문이다.

그래서 그때도 그런 증상에 대한 약을 만들어 상당한 돈을 벌었다.

이번에는 지난 삶과 달리 은해상단이 아닌 팔인약방에서 약방을 운영하니, 그에 대한 조언을 해 준 것이다.

물론 많이 팔릴수록 나에게 떨어지는 몫도 많으니, 누이 좋고 매부 좋은 거지.

팔인약방 천막에 사람들이 몰리기 시작한 것을 보니, 내 조언이 들어맞은 듯했다.

팔인약방의 양진수 행수와 내 눈이 마주쳤다. 그는 흐뭇한 표정으로 고개를 끄덕였다.

나 역시 웃으며 고개를 끄덕여 주었다.

그렇다고 우리 은해상단 천막에 손님들이 없다는 건 아니다.

꾸준히 약재와 차 등이 팔리고 있었으니까.

그리고 윤 행수의 말에 의하면 적잖은 이들이 우리 은해상단의 단골이라고 한다.

우리 상단을 신뢰해서 매번 물품을 구입해 주는 고마운 분들이다.

"오늘 예선전을 치르면 본격적으로 약재 판매가 늘어나겠네요."

"그럴 테지요."

"이제 예선전이 시작될 시간인데, 가지 않으시는 겁니까?"

"안 그래도 이제 출발할 생각이었습니다."

우리 상인들에게 용봉비무회를 참관하는 건 중요한 일이다.

우승자가 누구냐에 따라서 취해야 할 행동이 달라지기 때문이다.

그리고 후원할 만한 곳을 미리 골라놓는 것도 중요한 일이다.

물론 그 모든 건 본선만 봐도 충분하니, 굳이 관람비를 추가로 더 내면서 예선을 볼 필요는 없다.

그리고 난 이미 결과를 알기에 그 시간에 내 개인 수련을 하든지, 밀린 일거리를 처리할 생각이었다.

하지만…….

"네 어머니가 예선전부터 참관하고 싶다는구나. 그러니 네 어머니와 함께 가거라."

"네? 아버지는요?"

"나는 다른 상단주들과 논의할 것이 있어서 가지 못할 것 같다."

아직 다른 상단주들은 낙양에 머물고 있었다. 이번 비무회 본선을 직접 지켜보기 위해서였다.

아버지의 말씀을 거절할 이유도 없어서 순순히 승낙했다.

솔직히 어머니와 함께 관람하고 싶기도 했고.

.
.
.

잠시 후.

나는 어머니와 함께 팔갑과 세 호위무사를 데리고 예선전이 열리는 곳으로 향했다.

문득 진유 무사도 함께 봤으면 좋았을 텐데 싶었다.

우리는 약속 장소인 유미반점으로 향했고, 그 앞에서 기다리고 있는 복윤 소단주의 어머니와 합류하여 비무회장으로 향했다.

비무회장은 무림맹의 앞쪽 공터에 마련되어 있었다.

"관람권을 보여 주십시오."

우리는 관람권을 제시했다.

용봉비무회는 무료 관람이 아니었고, 심지어 좌석에 등급까지 나뉘어 있었다.

앞쪽의 비무를 가장 잘 볼 수 있는 곳은 갑석.

그 뒤쪽은 을석.

그리고 비무장의 이들이 팔뚝 정도의 크기로 보이는 곳은 병석이다.

그래도 병석까지는 앉아서 볼 수 있다,

하지만 그 뒤쪽의 정석은 서서 관람해야 했고, 비무장의 이들은 손가락 정도의 크기로 보였다.

당연히 급에 따라 관람권의 가격도 달랐는데, 우리가 지닌 관람권은 을석의 관람권이다.

그게 돈을 주고 구입할 수 있는 가장 좋은 등급이다.

갑석은 시중에 팔리는 것이 아니라 명가나 명문들에게 분배되었으니까.

을석의 관람권은 은패로 만들어져 있다.

듣기로 갑석의 관람권은 금패라던데…….

아무튼, 우리는 관람권을 제시하고 안으로 들어갔다. 그리고 패에 새겨진 번호에 해당하는 좌석에 앉았다.

"저희에게도 관람할 기회를 베풀어 주셔서 정말 감사합니다."

팔갑과 세 무사도 우리와 같이 예선을 보려면 관람권을 사야 했으니까, 그에 대한 감사 표현이다.

서우 무사의 말에 나는 웃으며 말했다.

"이거 다 투자입니다."

"네?"

"보고 느끼는 바가 있으면 더 강해지실 테니까요. 즉, 제 안전을 위한 거니까 너무 고마워하지 않으셔도 됩니다."

내 말에 여응암 무사가 말했다.

"꼭 주군의 은혜에 보답하도록 하겠습니다."

농담이었는데…….

나는 멋쩍게 웃으며 비무대 쪽으로 고개를 돌렸다.

비무대는 벽강목으로 만들어져 있었다.

고산지대에서 자라는 벽강목은 단단하면서도 무척 질긴 것으로 유명했다.

하여 고급 비무대에 많이 사용된다.

보통은 석재를 사용하여 비무장을 만드는 것이 아닌가 하겠지만, 절대 석재는 사용하지 않는다.

비무 도중에 석재가 부서져 날린다면 관람객은 물론이고 비무하는 당사자 또한 크게 다칠 수 있기 때문이다.

또한 부서졌을 때 복구하는 것도 힘들었다.

이에 언젠가 어떤 무가에서 쇠로 비무대를 만들었는데, 삼 년 만에 철거했다고 한다.

생각보다 관리가 힘들었고, 비무 도중에 살짝만 넘어져

도 크게 다쳤으니까.

거기에 무기와 비무대 바닥이 부딪혔을 때 무기를 휘두른 자가 오히려 피해를 입는 경우도 생겼다고 한다.

그래서 현 무림에서 최고의 비무대 재료는 나무였고, 그중 최고가 벽강목이다.

둥둥둥-!

북소리가 울리며 예선전이 시작되었다.

"지금부터 제 삼십육 회 용봉비무회의 예선전을 시작하겠습니다!"

"이번에는 그 어떤 신진고수들이 여러분들의 마음을 들썩이게 할지 기대가 됩니다."

"사실 제가 용봉비무회의 사회를 보는 건 이번이 두 번째거든요. 하하하."

"그럼 첫 번째 순서는……!"

사회자로 나선 자는 무척 활기차게 예선전을 진행했다.

하긴…… 그래야 관객들에게 흥을 불어넣을 테니까.

사람이 가벼워 보였지만, 저래도 절정의 고수다.

저자도 오랜만에 보네.

그는 화산파의 고수로, 매화를 피워 내는 매화검수이다.

그가 펼치는 매화검법은 가벼운 모습과 달리 참으로 진

중했다고 했지……

어, 잠깐만…… 저자가 방금 뭐라고 한 거지?

두 번째로 사회를 보는 거라고?

아, 젠장!

나는 튀어나오려는 욕설을 간신히 억눌렀다.

이장. 용봉비무회

용봉비무회

내가 당혹스러워하는 이유.

그건 저 매화검수가 비무회에서 두 번째로 사회를 봤을 때 그 사건이 일어나기 때문이다.

비무대에서 한 무인이 날린 검기가 관람객들을 향해 날아들었던 사건.

물론 무림맹에서는 관람객들을 보호하기 위해서 진법을 사용한다.

오래전 제갈세가의 한 천재가 만든 진법으로, 일정 공간 밖으로 그 공격이 튀는 것을 막아 주는 공능이 있었다.

그래서 이렇게 가까운 자리에서 관람할 수 있는 거다.

하지만 그 당시에는 무언가 문제가 생겼는지, 당시 그 무인의 검기가 그대로 관중들을 향해 날아가고 말았다.

다급히 주변의 고수들이 막아 보려 했지만, 너무 갑작스러운 일이었기에 인명 피해를 막을 수는 없었다.

게다가 더 큰 문제는 그 자리가 비싼 을석이었다는 것.

당시 무림맹에서는 해당 좌석에 대한 판매가 급락할 것을 염려하여 그에 대한 정보를 통제했다.

그래서 정확히 어느 자리인지는 알지 못한다.

나는 어머니를 바라보았다.

이전 삶에서 어머니께서는 이맘때쯤에는 용봉비무회를 관람하지 않으셨다.

그래서 향옥 누님의 활약을 보지 못했다고 무척 아쉬워하셨지.

아무튼, 그 공격으로 인해 어머니가 다칠 수도 있는 일이다.

최선은 그 공격이 날아오지 않게 하는 것이지만, 제갈가의 진법도 막지 못한 공격이다.

그렇다고 당시 비무를 한 이들이 비무대에 서지 못하게 할 수도 없다.

그들도 나름 청운의 꿈을 안고 비무대에 선 것이니 말이다.

그 일로 앞날이 창창한 무인 하나가 검을 꺾게 되었지만.

아무튼, 그 비극을 막을 가장 좋은 방법은 아무리 생각해도…… 하나뿐이다.

이를 주시하고 있다가 빠르게 나서서 막는 것.

그렇게 되면 내 실력이 세상에 알려질 수도 있지만, 어쩔 수 없다.

이런 일을 호위무사들에게 미리 말해 놓을 수도 없는 노릇이니까.

차라리 내 쪽으로 날아온다면 호위무사들이 반응해 막을 수도 있겠지만, 다른 쪽이라면 미리 준비하고 있는 내가 아니라면 막을 수 없을 터.

일단 북해빙궁주님의 도움으로 내 실력이 드러났을 때를 대비해 놓기도 했고.

그래도 미리 사부님께는 말씀을 드려야 할 것 같은데…….

그나저나, 이렇게 되면 어머니와 함께 비무회를 관람하는 건 확정이군.

.

.

.

둥!

우렁찬 북 소리와 함께 예선전이 시작되었다.

첫 번째로 맞붙게 된 이들은 한 작은 무가의 자제와, 작은 문파의 자제였다.

그러고 보니 용봉비무회는 참가할 수 있는 자격이 정해져 있었지.

우선 무림맹 채용에 신분상의 결격사유가 없는 자.

이건 사실 좀 애매하긴 했지만, 대충 무림공적이라든지

사파나 흑도의 인물이 아니면 참가할 수 있는 거라고 알고 있다.

그리고 가장 중요한 건 나이였다.

호적을 기준으로 서른 살 미만의 이들만이 참가할 수 있었다.

무기를 맞대고 서로 진검승부를 펼치는 이들을 보며 어머니와 광준상단 사모님의 눈이 반짝였다.

"저기서, 저런 움직임은 보법을 꼬이게 할 텐데……."

"안타깝네요. 조금만 판단이 빨랐으면 좋았을 것을."

"어어! 그 공격은 역습을 허용할 수도…… 아!"

그분들의 입에서 이런저런 훈수도 나왔는데, 생각보다 식견이 높아서 조금 놀랐다.

전부 맞는 말이었으니까.

그런데…… 어머니께 이런 안목이 있으셨던가?

이전 삶에서는 왜 몰랐지?

그러다가 이내 속으로 쓴웃음을 지었다.

당시에는 어머니께 신경을 많이 쓰지 못했으니, 몰랐던 거겠지.

어머니께서 무에 재능이 있었다는 건 알고 있었다.

하지만 그저 막연히 알고 있었을 뿐이다. 그때는 내 목숨을 구하는 것이 먼저였으니까.

흑적의선의 도움으로 목숨을 구한 후로는, 상단을 운영하느라 바빴고.

저번에 낙양에 갔다가 얻은 연검을 어머니께 선물로 드

렸을 때, 무척 좋아하셨던 표정이 떠올랐다.

어머니가 꿈을 포기하지 않으시길 바라는 마음이었는데…… 다시금 잊고 말았다.

어머니도 한때는 무림에 나가는 것을 꿈꾸던 한 사람의 무인이었음을.

또다시 후회할 뻔했네.

"예륜파의 영준 승!"

"와아아아아!"

어느새 승부가 결정 났다.

"다음 비무를 시작하겠습니다!"

다시 두 명의 무인이 비무대 위로 올라왔고, 북소리와 함께 비무가 시작되었다.

용봉비무회는 예선전만 해도 보름 이상이 걸린다.

제국 전역에서 몰려온 수많은 무인들이 모두 한 번씩은 겨루어야 했으니까.

그렇게 백팔 명의 참가자만 남으면 그때부터 본선의 시작인 것이다.

하여 용봉비무회는 구월 초부터 시월 초까지 한 달여나 진행되었다.

아무튼, 내가 볼 때 용봉비무회에서 승리하기 위해서는 압도적인 무력도 있어야 하지만 뽑기 운도 무시하지 못했다.

그날 예선을 치를 참가자는 그날 아침에 모두 모여 상자 안에서 나무패를 뽑는 것으로 자신의 순서를 정했기 때문이다.

그렇게 대진표가 정해지는데, 만약 이때 번호표를 뽑지 못하면 자동 탈락이다.

그러면 예비로 불러온 참가자들이 번호표를 뽑게 된다.

솔직히 운이 없으면 강자를 만나 예선전에서 탈락하게 되는 거고, 운이 좋으면 본선까지 올라가서 신진고수 소리를 들을 수 있는 거다.

이에 대해 간혹 불공평함을 제기하는 자들도 있지만, 무림맹의 입장은 단호했다.

운도 실력이라는 입장인데, 틀린 말은 아니다.

무림에서 살아남는 건 운이 좋아야 했으니까.

아니면 좋은 운을 만들 정도로 실력이 막강하든지.

.

.

.

어두워서 보이지 않기 바로 직전에 첫 번째 날의 예선전이 끝났다.

어머니를 객잔까지 모셔다드리고는 다시 밖으로 나왔다. 오늘 은해상단 임시상가의 매출을 확인하기 위해서다.

"오늘도 수고 많으셨습니다."

"별말씀을 다 하십니다."

나는 윤 행수와 직원들을 격려했고, 오늘의 매출에 대

해서 보고를 들었다.

판매 실적은 준수했다.

"역시 고급 차 위주로 많이 팔렸군요."

"네. 아직 본격적인 비무가 시작되기 전이니, 대화를 나누기에 적합한 때가 아니겠습니까?"

"그렇긴 하죠."

아무래도 점점 위로 올라갈수록 감정이 격해지고, 상대를 경계해야 할 테니 대화를 나눌 여유가 부족해진다.

사실 차는 객잔이나 다루에서도 마실 수 있긴 하다.

하지만 이 시기에 다루는 사람들로 미어터진다.

그러면 할 수 없이 객잔에서 차를 마셔야 하는데, 솔직히 객잔에서 무림인들의 고상한 입맛을 맞추는 건 좀 힘들다.

차라는 건 기본적으로 주변의 습기와 냄새를 잘 빨아들이는 성질이 있기에 관리가 힘들었으니까.

대량으로 구매해서 사용하는 객잔의 차가 입에 맞지 않는 이들이 제법 많다.

같은 이유로, 개인이 차를 가지고 낙양으로 와도 차 맛이 금방 변해 버리니 현지에서 차를 따로 구입할 수밖에 없다.

게다가 무림인들은 기본적으로 의심이 많다.

그렇기에 본인이 직접 좋은 차를 사서 우려 마시는 것을 즐기는 이들이 많고, 덕분에 우리 은해상단 임시상점의 차가 잘 팔리는 것이다.

"이제 슬슬 약재가 많이 나갈 겁니다."

"그렇겠죠."

"계속 수고해 주세요."

"여부가 있겠습니까?"

그리고 다시 객잔으로 향하던 중, 익숙한 기운을 느꼈다.

이 기운…….

어디선가 느껴 봤던 기운인데, 어디서 느껴 봤더라?

"백아 소협. 이건 좀 아닌 것 같습니다."

나는 미소 지었다.

귀에 익은 목소리가 들려오면서 누구의 기운인지 알아차렸기 때문이다.

그런데 그 목소리가 뾰족하게 들리는 것을 보니, 상황이 좋지 않아 보였다.

나는 걸음을 재촉해 그 목소리가 들린 곳으로 향했다.

한 주루에서 제갈유아 소저가 젊은 남자와 마주 보고서 있었다.

오랜만에 봤지만, 그녀는 무소옥녀라 불리던 내 이전 삶에서 봤던 모습과 별반 차이가 없었다.

그 냉랭한 얼굴까지도.

전에 봤을 땐 저렇지 않았는데?

그녀는 상대에게 싸늘한 목소리로 말했다.

"이런 식으로 승부를 조작하는 건 아무 쓸데도 없는 짓입니다."

응?

저게 무슨 소리지?

"승부를 돈으로 사고파는 건, 저로서는 용납할 수 없는 일입니다."

"하지만 이건 저들에게도 도움이 되는 일입니다. 저들에게 필요한 건 돈이지 승부가 아니니까요."

아…….

그 대화를 듣자, 이전 삶의 기억이 떠올랐다. 사실 용봉비무회의 부정이 하나 있었다.

그건 돈으로 승리를 사는 '매승(買勝)'이라 불리는 부정이었다.

예선을 치를 사람의 명단은 전날 미리 방이 붙기에 저지를 수 있는 부정이기도 했다.

미리 접근하여 '만약 나랑 붙었을 때 져 준다면 거액의 대가를 주겠네.'라고 합의하는 것이다.

명성을 탐낸 명문가의 자제들을 중심으로 이루어졌고, 결국은 발각되고 말았다.

그 탓에 무림이 발칵 뒤집혔었지.

그들은 가문의 기대에 부응하기 위해서 그런 일을 했다고 자백했다.

당시 가문에서는 저들이 그런 부정을 저지른 것에 대해서 몰랐다고 했는데…… 정말 몰랐을까?

그럴 리가.

알면서도 그냥 넘어갔을 거다.

어떻게든 결과가 좋게 나오면 가문 입장에서는 나쁠 게 없으니 말이다.

그 부정이 벌써 시작되었구나.

그렇게 제갈유아 소저는 주루를 나왔고, 순간 그녀의 눈이 커졌다.

"오랜만에 뵙습니다."

"어? 은 소협?"

나를 본 순간, 제갈유아 소저의 눈이 곱게 휘어졌다. 그리고 뺨에 미소가 지어졌다.

그것만으로도 방금 봤던 그녀와 다른 사람이라고 해도 믿을 만큼 인상이 달라졌다.

"여긴 어쩐 일이세요?"

"용봉비무회 때문에 왔습니다. 매번 여러 상단들이 임시상점을 열고 장사를 하니까요."

"아…… 그러고 보니 은 소협께서는 상계의 사람이셨죠."

"네. 그렇습니다."

"그나저나 이렇게 만나 뵈다니! 갑작스럽지만 정말 기쁘네요. 사실 많이 뵙고 싶었거든요."

그녀는 말을 이었다.

"은 소협은 저희 가문의 은인이니까요."

"아직 저를 기억해 주시니, 감사할 따름입니다."

나는 포권하며 말했다.

"전에 유 총관에게 들었습니다. 잠룡행을 떠났다고요.

언제 돌아오신 겁니까?"

"최근에 돌아왔어요. 그리고 정식으로 제갈세가의 족보에 이름을 올렸어요."

제갈세가의 족보에 이름을 올린다는 것.

그건 즉, 정식으로 제갈세가의 일원으로 인정받게 되었다는 의미였다.

"감축드립니다."

"이 역시 소협 덕분이에요. 만약 소협이 아니었다면 저는 돌아올 곳을 잃었을 테니까요."

"그건 억측입니다."

그렇게 겸양했지만, 사실 이전 삶에서는 그녀의 말대로였다.

그녀는 돌아올 곳을 잃었고, 미소 역시 잃었다.

하지만 지금은 아니다.

제갈유아 소저는 잠룡행을 마치고 돌아왔고, 어엿한 제갈세가의 사람이 되었다.

그녀가 미소를 띤 채 말했다.

"억측이 아니에요. 아무튼 이렇게 뵈어서 정말 좋네요. 아! 이러지 말고 저와 함께 가요. 조부님께서 많이 기뻐하실 거예요."

제갈세가의 태상가주님께서도 함께 오셨나 보구나.

하지만 나는 부드럽게 고개를 저었다.

"소저, 지금은 밤이 깊었습니다. 그리고 내일이 소저의 예선인 듯합니다만."

"맞아요. 내일 예선에 출전해요."

"그럼 어서 가서 주무십시오. 충분한 수면을 취하지 않으면 제 실력을 발휘할 수 없습니다."

내 말에 제갈유아 소저가 두 뺨에 손을 대며 말했다.

"지금 저를 걱정해 주시는 건가요?"

그 물음에 나는 피식 웃었다.

"네. 그러니까 태상가주님을 뵙는 건 내일로……."

그때 나는 그녀 주변에 아무도 없음을 알아차렸다.

"소저, 혹시 호위무사와 함께 오지 않으셨습니까?"

"사실 오기는 같이 왔는데요. 모임이 길어질 것 같아서 잠시 후에 다시 오라고 했어요."

"무림 명숙의 자제분들이 모인 자리인가 보군요."

"뭐, 그렇긴 해요. 하지만 목적이 그런 거였다면 오지 않았을 거예요. 괜히 귀만 더럽혔네요."

그리 투덜거리던 그녀는 내가 앞에 있음을 깨닫고 움찔했다.

"매승을 위한 자리였군요."

"……매승에 대해 아세요?"

"네, 저희 상인들은 생각보다 많은 것을 알고 있습니다."

"그렇군요. 괜히 민망하네요."

아마 그녀는 매승이라는 것에 대해서 처음 들어 봤을 거다. 이번이 첫 번째 비무회 출전이니까.

"그리고 저는 그 매승에 발을 담그지 않으신 것에 대해

칭찬해 드리고 싶습니다."

내 말에 그녀가 말했다.

"저도 비겁한 건 싫거든요. 그나저나 이걸 조부님께 말씀드려도 될까요?"

"그건 상관없지만, 말해도 소용없으실 겁니다."

왜냐하면 증거가 없거든.

그러니까 매승이 계속해서 이어질 수 있었던 거다.

그게 발각되었을 때는 좀 특이한 경우였고.

내 말에 그녀가 잠시 생각하더니 한숨을 내쉬었다.

"그렇긴 하네요."

총명한 그녀는 금세 내 말뜻을 이해했다.

"아무튼, 가시는 길이니 제가 배웅해 드리겠습니다."

제갈유아 소저는 무림맹 근처의 별가에서 머물고 있다고 했다.

무림에서 제법 이름이 있는 세가라고 하면, 낙양에 별가 하나쯤은 마련해 두기 마련이니까.

그녀와 함께 제갈세가의 별관으로 향하며 나는 씁쓸한 웃음을 삼켰다.

무림, 참 개판으로 잘 돌아가네.

.

.

.

곧 우리는 제갈세가의 별가 앞에 도착했다.

"여기까지 데려다주셔서 감사해요."

"별말씀을요."

"조부님께 인사라도 드리고 가시는 것은 어떠세요?"

그녀의 제안에 나는 고개를 저었다.

"아닙니다. 날이 늦었습니다. 태상가주님은 내일 뵙도록 하겠습니다. 어서 들어가십시오."

제갈유아 소저는 대문 안으로 들어가려다가 발을 멈추고 나를 돌아보았다.

할 말이 남았나?

"저, 내일…… 예선전 관람 하시나요?"

"네. 어머니와 함께 볼 듯합니다."

"응원…… 해 주실 거죠?"

그녀의 물음에 나는 고개를 끄덕였다.

"물론입니다. 소저의 무운을 빌겠습니다."

"감사해요."

그리고 그녀는 후다닥 안으로 들어갔다.

나는 그 모습을 보다가 몸을 돌렸다.

그나저나 제갈유아 소저가 왔다면…… 사천당가 역시 왔다는 의미겠군.

거기서도 반가운 사람들을 만날 수 있을 듯하다.

그런데…… 나를 바라보는 팔갑의 눈빛이 뭔가 불손하게 느껴졌다.

"뭐야? 왜 그런 눈으로 보는데?"

"……아닙니다요."

.

．
．

　다음 날.

　우리는 아침 일찍 하루를 시작했다.

　은해상단의 임시상가에 들렀다가 다시 객잔으로 돌아와 어머니를 모시고 객잔을 나섰다.

　그리고 중간에 광준상단주의 부인을 만나 비무장으로 향했다.

　"오늘은 제갈세가의 여식이 출전한다고 하네요."

　"저도 들었어요."

　"그리고 하북팽가의 자제와 아미파의 제자들도 출전한다고 하더라고요."

　"그런가요? 그러면……."

　나는 얼른 말을 이었다.

　"향옥 누님의 순서는 아직인 것 같습니다."

　광준상단주의 부인이 기대된다는 표정으로 말했다.

　"그나저나 제갈세가의 여식이라니! 과연 어떤 기량을 보여 줄지 기대되네요."

　"……."

　나는 문득, 왜 명문가의 자제들이 매승이라는 부정을 저질렀는지 알 것 같았다.

　사람들은 무림 팔대세가의 자제와 구파일방의 제자라면 예선전은 통과해야 한다는 일종의 기대를 가지고 있다.

하지만 이러한 기대와 선망은 양날의 검이다.

그에 맞는 실력을 선보인다면, 사람들은 역시 명문가의 자제들이라 칭송하겠지.

하지만 그 기대에 부응하지 못한다면 본인뿐만 아니라 소속 세가와 문파를 향해 비웃음이 쏟아질 테니까.

그리된다면 그 본인의 입지는 좁아질 수밖에 없다.

그래서 예선전만이라도 통과하기 위해 매승이라는 부정을 저지르는 거다.

같은 날 예선전을 치르는 이들끼리의 단합이라는 명목으로 만나면서 슬쩍슬쩍 접근하겠지.

우리는 비무장에 도착했고, 안으로 입장했다.

일각 정도 기다리자, 드디어 사회자가 나왔다.

어제 보았던 매화검수이다.

이름이 뭐였더라?

"오늘도 함께 해주신 관람객 여러분들께 감사드립니다. 그럼 지금부터 제삼십육회 용봉비무회의 두 번째 날의 예선전을 시작하겠습니다. 오늘의 첫 번째 비무는……."

어제도 몇몇 눈여겨볼 만한 신진고수들이 등장했었다. 그리고 오늘도 마찬가지다.

그렇게 비무가 이어졌고, 드디어 사람들이 기대하던 순서가 다가왔다.

"다음 비무는, 제갈세가의 제갈유아! 이에 맞서는 자는 복건성에서 온 문씨무관의 문숙!"

나는 미소 지었다.

비무대 위에 올라온 제갈유아 소저의 모습은 참으로 멋있어 보였으니까.

제갈유아 소저와 문숙 무사는 서로 포권했다.

"그럼, 비무를 시작합니다!"

둥!

우렁찬 북소리와 함께 비무가 시작되었다.

기수식을 취한 두 사람은 천천히 움직이며 서로를 탐색했다.

그렇게 얼마의 시간이 지났을까?

먼저 움직인 건 문숙 무사였다. 그의 검이 날카로운 기세로 제갈유아 소저의 어깨를 향해 쏘아졌다.

하지만 제갈유아 소저는 몸을 놀려 가볍게 그 공격을 피했다.

"여기서 균형이 무너진 문숙 무사를 공격하면…… 어라? 왜 공격하지 않지?"

어머니의 말처럼 공격의 기회가 왔음에도, 제갈유아 소저는 문숙 무사를 공격하지 않았다.

그녀의 표정에 떠오른 건 당황스러움.

이를 본 문숙 무사는 기회를 놓치지 않고 제갈유아 소저를 몰아가기 시작했다.

제갈유아 소저는 낭패한 표정이었다.

그런데 나는 왠지 그녀의 표정에서 뭔가 알 수 없는 기시감을 느꼈다.

뭐지?

왜 이런 기시감이…… 허!

순간 나는 속으로 혀를 내둘렀다.

제갈유아 소저는 무려 비무회에서 연기를 하고 있다.

내가 기시감을 느꼈던 건, 그녀가 제갈세가에 위기가 닥쳤을 때 뇌가 맑은 광인을 연기했던 그때의 그 느낌을 받았기 때문이다.

그나저나 지금은 뭐를 위해서 그런 연기를…….

그때 서우 무사가 말했다.

"역시 신기제갈이라 하더니, 틀린 말이 아닙니다."

"네?"

"저는 제갈 소저의 노림수를 알 것 같습니다."

나는 고개를 갸웃하며 제갈유아 소저를 보았다. 그녀에게 노림수가 있다고?

어라, 그러고 보니 언제 저렇게 비무대 끝에 가까워진 거지?

그제야 나도 씩 웃을 수 있었다.

"저도 알 것 같네요."

하지만 제갈유아 소저의 연기에 걸린 문숙 무사는 그 노림수를 전혀 알아차리지 못하고 있었다.

곧 승부의 시간이 다가왔다.

"하아아앗ㅡ!"

우렁찬 기합 소리와 함께 문숙 무사는 검을 내질렀다. 그 얼굴에는 이겼다는 기쁨이 역력했다.

하지만 제갈유아 소저는 이미 문숙 무사의 앞에 없었다.

그녀는 순식간에 문숙 무사의 뒤쪽으로 이동했고, 그를 향해 검을 휘둘렀다.

"헉!"

당황한 문숙 무사는 몸을 돌려 그 공격을 방어했다. 하지만,

"크윽!"

제갈유아 소저의 공격은 강맹했고, 결국 그 공격에 밀려나며……

"어? 으아악!"

쿵―!

비무장 밖으로 떨어지고 말았다.

그렇다.

이 용봉비무회의 규칙 중 하나가 바로 비무장 밖으로 떨어지면 탈락이라는 거다.

그것이 바로 제갈유아 소저의 노림수였다.

"제갈유아! 장외 승!"

"와아아아아!"

사람들이 환호했다.

"역시 제갈세가야!"

"믿고 있었다고!"

하지만 그냥 공격해도 이길 수 있었을 텐데, 왜 장외 승을 했는지 궁금해졌다.

그녀가 아무 이유 없이 그럴 리는 없으니까.

나중에 물어봐야겠군.

오전의 비무가 마무리되었고, 한 시진 후 비무가 재개되었다.

다들 휴식 겸 점심을 먹어야 했으니까.

점심시간 후 비무가 재개되었고, 오늘도 해가 지기 전에 비무가 종료되었다.

나는 어머니와 함께 객잔으로 향했다. 그런데 어머니의 표정이 조금 씁쓸해 보였다.

왜 그러시지?

걱정이 된 나는 어머니께 물었다.

"어머니, 무슨 걱정이라도 있으십니까? 안색이 좋지 않으십니다."

"아, 그러니? 미안하구나. 그냥 이런저런 생각을 했는데 그게 얼굴에 드러났나 보구나."

"무슨 생각을 하셨기에 그러십니까?"

내 물음에 어머니가 하늘의 노을을 보며 말씀하셨다.

"오래전, 내가 혼인하기 전에 내 오라버니께서 용봉비무회에 출전하신 적이 있단다."

어머니의 오라버니라면, 외삼촌을 말씀하시는구나.

"내 오라버니께서는 예선을 통과해 백팔 명의 신진고수의 대열에 드셨지. 그런데 오라버니께서는 그 후로 비무회에 출전하지 않으셨단다. 그래서 내가 그 이유를 물었지. 다시 출전해서 더 높이 올라가면 더 큰 명예를 얻을 수 있을 텐데 왜 출전하지 않느냐고. 그랬더니 내 오라버니께서는…….”

잠시 뜸을 들이시던 어머니께서 말을 이으셨다.

“이렇게 말씀하셨단다. 용봉비무회는 말 그대로 용봉을 위한 비무회라고. 그러니 너는 용봉비무회에 나갈 생각하지 말라고…….”

“…….”

“그냥 조용히 살다가 연모하는 이가 나타나면, 큰 하자가 없는 남자라면 아버지를 설득할 테니……. 혼인해서 행복한 가정을 꾸리라고…… 그땐 솔직히 오라버니의 말을 이해하지 못했지. 그냥 오라버니가 나를 질투하는 거구나 생각했단다. 솔직히 내가 오라버니보다 훨씬 재능이 있었거든. 하지만…….”

어머니는 나를 바라보셨다.

“이제야 알 것 같구나. 오라버니께서는 진정으로 나를 걱정해서 그리 말씀하신 거였다는 것을 말이다.”

나는 묵묵히 어머니의 말씀을 들었다.

“무림에서의 용봉은, 거대세가의 미혼 자제들을 의미하는 말이지.”

“…….”

어머니는 한숨을 내쉬셨다.

“오늘 보았던 비무 중에…… 몇몇 비무가 마음에 걸리는구나. 특히 팽백아 소협의 비무는…….”

팽백아 소협은 어제 제갈유아 소저와 함께 주루에 있던 사람 중 하나다.

그리고 어머니께서도 그들의 매승에 대해 눈치채신 듯하다.

"저도 느꼈습니다. 그 상대방의 눈에서는 이기겠다는 의지가 보이지 않았습니다."

어머니께서 복잡한 얼굴로 고개를 끄덕였다.

"그뿐만이 아니다. 충분히 공격할 수 있음에도 일부러 공격하지 않은 상황이 제법 많았단다."

"……."

어머니의 말씀대로다.

"하지만 내가 이에 대해 뭐라고 하겠니? 그들이 결정한 것인데."

"……."

"다만, 그로 인해 정파 무림 세력이 약해질까 그것이 저어되는구나."

.

.

.

곧 우리는 객잔에 도착했다.

아직 노을이 완전히 지지 않은 걸 보니 늦은 시간은 아니다.

"어머니, 저는 임시상점에 갔다가 잠시 만날 사람이 있습니다. 좀 늦을 듯합니다."

"그래, 조심해서 다녀오렴."

"네."

어제 제갈세가의 태상가주님을 뵙겠다고 약속했으니, 찾아뵈어야겠지.

우선 임시상점에 들러 보고를 듣고는 제갈세가의 별가로 향했다.

그리고 문지기에게 제갈유아 소저를 불러달라고 청했다.

어제 제갈유아 소저와 왔을 때와 같은 문지기였기에 그는 순순히 안에 연락을 넣어 주었다.

이내 그녀가 달려 나오며 나를 반갑게 맞아 주었다.

"은 소협! 약속을 지키셨네요."

"물론입니다. 그리고 오늘 예선전 우승 축하드립니다."

"감사해요."

그녀가 배시시 웃으며 말했다.

"어서 들어오세요. 조부님께서 소협에 대해 이야기를 듣고 만나기를 고대하고 계세요."

나는 멋쩍게 웃으며 별가 안으로 들어갔다.

그렇게 들어가면서 아까 들었던 궁금증을 꺼냈다.

"아, 제갈 소저. 하나 물어볼 게 있습니다."

"네?"

"오늘 왜 상대방을 장외로 탈락시킨 겁니까?"

"아아…… 그거요?"

그녀가 코웃음을 치며 말했다.

"제가 그 일에 동참하지 않았다고 뭐라고 하더라고요."

"……."

즉, 일종의 앙갚음이라는 거다.

역시…… 제갈유아 소저도 성격 있구나.

"하지만 다른 이들은 이에 대해 잘 모를 거예요. 체력을 보존하기 위해서 그리한 거라고 둘러댔거든요."

나는 속으로 하하 웃었다.

곧 우리는 제갈세가의 태상가주님이 계신다는 건물에 당도했다.

"조부님, 은해상단의 은서호 소협이 인사드리고자 왔습니다."

금세 문이 열렸고, 나는 고개를 숙여 포권했다.

"은해상단의 은서호가 태상가주님을 뵙습니다."

"정말 오랜만이네."

나는 고개를 들어 그 얼굴을 보았다.

오 년 전이나 지금이나 별반 달라지지 않는 얼굴이다. 아니, 그때보다 좀 더 정정해지신 것 같은데?

"잘 지냈는가?"

"네. 소상은 잘 지냈습니다. 그동안 안부를 여쭙지 못해 송구합니다."

"아닐세. 나야 언제나 건강하니까. 그리고 자네의 안부 역시 내 아우의 서신을 통해서 전해 듣고 있었다네."

아직도 유 내총관은 태상가주님과 서신을 자주 주고받고 있었다.

그래서 제갈유아 소저의 잠룡행도 알 수 있던 거고.

참으로 보기 좋은 일이다.

"아직 식전인가?"

"아. 네……."

"잘 되었군. 저녁이나 같이 먹도록 하지."

"네?"

사실 나는 그냥 인사만 드릴 생각이었다. 그런데 갑작스러운 식사 초대라니…….

"사실, 오늘 식사 모임이 있었는데…… 가고 싶지 않아서 말이지. 그래서 선약이 있다고 했는데……."

선약이 있다고 둘러대신 거구나.

그리 말씀하시니, 함께 저녁을 먹지 않을 수도 없다.

"알겠습니다. 그리하겠습니다."

.
.

.

저녁은 무척 맛있었다.

그렇게 이런저런 이야기를 하며 만찬을 마치고 나는 제갈세가의 별가를 나섰다.

문득, 오늘 들었던 어머니의 말씀이 떠올랐다.

이 무림…… 정말 이대로 괜찮은 걸까?

이전 삶에서 내가 죽기 전까지는 무림에 별다른 변고는 없었다.

하지만 이번 삶에서는 장수할 생각이다.

그렇다면 무림에 변고가 없어야 할 터인데……

자고로 무림에 변고가 생기면 일반 백성들도 괴롭지만, 우리 상인들도 괴롭거든.

그러고 보니 내가 죽기 얼마 전부터 이상한 일이 간혹 생기긴 했는데…….

그것이 무림에 닥칠 큰 변고의 전조였나?

이런저런 생각을 하며 길을 걷고 있을 때였다.

"은서호 대협!"

뒤에서 나를 부르는 큰 소리가 들렸다.

나는 고개를 돌렸고, 이내 내 눈이 커졌다.

"어?"

나를 향해 다다다다 달려오는 한 소년!

바로 사천당가의 막둥이 아들인 당조웅이었다.

"어? 조웅아…… 혹시 용봉비무회 때문에 온 것이냐?"

"네."

당조웅은 고개를 끄덕였다.

"제 누님도 출전하지만, 저 역시 이번 비무회에 출전합니다."

뭐?

낯익은 기운이 느껴져 고개를 돌리자, 익숙한 인물이 있었다.

"오랜만에 뵙네요."

사천당가의 홍옥, 당수빈 소저다. 그리고 그녀의 옆에는 이전에 봤던 적화편왕 당대정 대주가 서 있었다.

나는 얼른 그들에게 포권하여 인사했다.

"음…….

당대정 대주는 그런 나를 유심히 보더니, 조심스럽게 물었다.

"혹시 자네도, 이번 용봉비무회에 출전하나?"

당대정 대주님의 물음에 순간 당황했다.

나도 용봉비무회에 출전하냐고 물으신 건가? 지금?

대주님의 경지는 화경에 근접한 초절정으로 알고 있다. 그런 만큼 내 경지를 알아차리고 물으신 듯했다.

나는 겸연쩍게 웃으며 대답했다.

"저를 좋게 봐주신 건 감사합니다만, 저는 용봉비무회에 출전하지 않습니다."

"어째서인가? 자네의 나이가 아직 서른이 되지 않았으니 자격은 될 터인데?"

"대주님, 저는 상인입니다."

"…….

"상인의 목적은 무림에서의 명성이 아닌, 돈입니다. 그렇기에 저는 용봉비무회에 출전하지 않습니다. 이걸로 대답이 되었을까요?"

내 단호한 대답에 당대정 대주님은 입맛을 다졌다.

"자네가 그리 말한다니, 어쩔 수 없지만 그래도 아쉽구면…….

그 말에 당수빈 소저가 당대정 대주님에게 말했다.

"대주님, 그거 주책이세요."

"주…… 주책……."

"네. 주책이요! 그러니까 싫다는 사람 그만 괴롭히세요."

당대정 대주님이 멋쩍은 듯 뒷목을 긁으며 내게 말했다.

"미안하네."

"괜찮습니다."

나는 부드럽게 대답했고, 당수빈 소저가 나에게 말했다.

"그나저나, 여기서 뵙게 될 줄은 몰랐네요."

"아…… 매 용봉비무회 때마다 상단에서는 상업구역에서 임시상점을 열곤 합니다. 그 일 때문에 왔습니다."

"그러시군요."

"언제 예선전에 출전하십니까?"

"아, 저는 예선전에 출전하지 않아요. 저번 용봉비무회때 백팔 명 중 하나에 들었거든요."

"아, 그렇습니까?"

당 소저가 지난번에도 출전했었군.

용봉비무회의 본선 진출자는 두 부류다.

이전 비무회에서 본선에 진출했던 자, 그리고 새롭게 예선을 통과하는 자.

그렇게 합쳐서 최종 백팔 명을 고르는 것이다.

하지만 여러 가지 이유로 인해 또다시 출전하는 본선 진출자들의 수는 생각보다 적은 편이었다.

내가 알기로 이번에 본선 직행자는 대략 십여 명.

나머지 백 명이 조금 안 되는 이들이 이번 예선에서 새로 뽑힌다는 뜻이다.

저번 본선 진출자들이 예선을 거치지 않는 이유는 나름 합리적이다.

예선 출전자에게 좀 더 많은 경험을 쌓을 수 있게 한다는 거다.

처음부터 본선 진출자를 만나면, 그대로 탈락할 가능성이 무척 높으니까.

당조웅이 씩 웃으며 말했다.

"이번 예선에는 제가 출전합니다."

"하지만 아직 네 나이가……."

내가 걱정스럽게 말했지만, 당조웅은 당찬 목소리로 말했다.

"이번에 생일이 지나면 열네 살입니다. 물론 저도 제가 어리다는 건 알고 있습니다. 하지만 어리다고 해서 약한 건 아니라고 생각합니다."

맞는 말이기에 고개를 끄덕였다.

나 역시 스무 살 전에 절정에 올랐으니까.

"그리고 당대정 대주님께서도 저에게 출전을 권하셨습니다."

당대정 대주님은 흐뭇한 미소를 지으며 말을 덧붙였다.

"이미 그 나이 수준은 훨씬 뛰어넘었네."

하긴 그 재능만큼은 대단한 아이다.

이전 삶에서 몇 년이나 무공을 익히지 못했는데도 절정의 경지에 올랐을 정도니까.

비록 젊은 나이에 죽어, 초절정의 벽을 넘지는 못했지만.

나는 당조웅의 눈을 보며 말했다.

"응원할게."

"감사합니다. 대협."

윽, 대협이라고 부르지 말라니까…… 그새 까먹은 듯했다.

"이렇게 만난 것도 인연인데, 저녁이라도 같이 하겠는가?"

고마운 제안이었지만 나는 부드럽게 사양했다.

"말씀은 감사합니다만, 방금 저녁을 먹고 오는 길입니다. 더 먹었다가는 배가 터질 겁니다."

"그럼 안 되지. 그럼 적당할 때 다시 초대하겠네."

"감사합니다. 연락 기다리겠습니다."

그렇게 예를 표하고는 당수빈 소저와 당조웅에게도 인사를 건넸다.

"무운을 빕니다."

그렇게 우리는 헤어졌고, 나는 다시 객잔으로 향했다.

그나저나 내가 아는 사람들이 벌써 몇 명이나 출전하는 건지…….

나는 객잔으로 향하는 길에 벽에 붙어 있는 내일 예선

출전자 명단을 보았다.

어…… 내일 향옥 누님이 출전하시는구나.

.

.

.

다음 날, 나는 어머니와 함께 비무장으로 향했다.

"오늘 향옥이 출전한다니! 과연 어떤 무위를 보여 줄지 기대되는구나."

어머니의 말씀에 나는 고개를 끄덕였다.

"네. 저도 무척 기대됩니다."

"그래도 너무 무리하지 않았으면 좋겠구나…… 좋은 활약을 보여 주었으면 하는 마음과 무리하지 않았으면 하는 마음이 동시에 들다니!"

그 말에 광준상단주의 부인이 말했다.

"어쩔 수 없죠. 조카니까요."

"네. 그래서 그런 거겠죠."

어젯밤 보였던 씁쓸한 어머니의 얼굴은 온데간데없었다.

그저 오늘 향옥 누님이 출전하는 순서를 기다리시며 설레실 뿐이었다.

체념하신 것인지, 아니면 그냥 지금은 잊고 계신 것인지.

그러는 사이 사회자가 나와서 비무회 예선을 진행했고, 어느덧 향옥 누님의 순서가 되었다.

향옥 누님의 순서는 점심을 먹은 후 세 번째 순서였다.

"……다음 출전자는 아미파의 제자 향옥! 이에 맞서는 자는 동매문의 수진욱!"

"와아아아!"

누님이 나오자 어머니께서는 소리를 질러 환호하셨다.

"향옥아! 힘내라!"

우리를 봤는지, 향옥 누님은 우리를 향해 씩 웃으셨다.

둥─!

북소리와 함께 비무가 시작되었다.

탐색이 끝나고, 두 사람의 검은 격렬하게 부딪치기 시작했다.

그런데…….

"저런! 파렴치한 놈이!"

어머니께서 화를 내셨다.

"저놈! 저거 분명 일부러입니다."

광준상단주의 부인 역시 분통을 터뜨렸다.

그건 향옥 누님의 상대방인 수진욱이라는 무인 때문이었다.

보통 무인들끼리 비무를 할 때 남자의 급소를 노리지 않는 것이 불문율인 것처럼 여자 무인을 상대로 가슴은 노리지 않는다.

치한이나 다름없는 취급을 받게 될 테니까.

그런데 지금…… 저 수진욱이라는 자의 검은 분명 누님의 가슴을 노리고 있었다.

"아이쿠! 죄송합니다. 검이 빗나갔습니다."

"하하하. 또 빗나갔군요."

사과는 사과대로 하니, 무작정 치한으로 몰아갈 수도 없었다.

하지만 수진욱이라는 자의 눈빛만 봐도 알 수 있다.

절대 실수가 아니라 의도적으로 저러는 거다.

그나저나 미친 건가? 이 많은 사람들이 보고 있는 자리에서 저딴 짓을 하다니?

다른 이들도 하나둘 눈치를 챈 듯 웅성거림이 점점 커졌다.

"저거, 실수가 맞습니까?"

"험험……."

"흠!"

평생 칼밥을 먹으며 살아온 이들이다. 그게 실수인지 아닌지 알아보지 못할 리가 없다.

특히, 아미파의 해청신니는 당장이라도 비무대 위로 난입할 듯했다.

후, 왜 향옥 누님이 자제하고 있던 독설을 쏟아냈나 했더니 이런 이유가 있었구나.

당시 전해 듣기로는 상대방이 무례한 짓을 저질렀다고만 알고 있었는데.

나 같아도 빡치지.

순간, 나는 흠칫했다. 향옥 누님의 눈빛이 돌변했기 때문이다.

"저런……."

이를 본 어머니가 혀를 차셨다.

"쟤, 화났구나."

나는 미리 수진욱 무사에게 애도를 표했다.

향옥 누님의 검에서 싸늘한 예기가 뿜어져 나오기 시작했다.

그 순간!

나는 아미산 호랑이를 굴복시켰다는 그 전설을 조금 엿볼 수 있었다.

"하아아앗!"

누님의 검은 호랑이보다 더 빠르게 쏘아져 나갔고, 수진욱 무사의 검을 내리쳤다.

쨍그랑-!

수진욱 무사의 검이 반 토막이 났다.

와, 저 정도 상대의 검을 일격에 부러뜨릴 정도면 누님의 경지도 절정에 근접한 듯한데?

누님은 고개를 들어 그에게 말했다.

"검이 자꾸 실수한다면, 잘라 버려야죠."

"……."

"그나저나 검도 제대로 다루지 못하는 그 솜씨 가지고 잘도 용봉비무회에 출전하셨군요. 그 용기에 기꺼이 박수를 보내 드리죠."

"지금 나를 모욕하는 것이오?"

"어머! 모욕이라니요. 그렇게 들리셨다면…… 적어도

귀는 제대로 된 걸 달고 계시는 거네요."

"여기가 어디라고 지금 방자한 입을 놀……."

"그쪽이 방자하게 손을 놀렸는데, 저라고 뭐 가만히 있으라는 법이 있나요?"

누님의 독설이 계속해서 쏟아졌다.

"이곳은 용봉비무회의 비무장입니다. 사과 하나 제대로 깎을지 의심되는 실력으로 이곳에 왔다니! 대체 이 비무회를 뭐로 보시는 건가요? 그건 이 비무회를 주최한 무림맹과 출전한 이들 그리고 관람객들을 모욕하는 행위입니다. 그리고 그런 당신을 내보낸 사부는 자격 미달입니다!"

향옥 누님의 말에 모두 고개를 끄덕였다.

"맞는 말이지!"

"와! 속 시원하다!"

"그럼 그럼! 그렇고말고!"

사람들의 열화와 같은 반응에 수진욱 무사의 얼굴이 부끄러움으로 빨개졌다.

그래도 자존심은 있다고 버럭 했다.

"제 사문과 사부님을 모욕하지 마십시오!"

"그럼, 제대로 된 실력이 있다? 그 말인가요?"

"물론이오! 나는 이류 무사의 실력이란 말이오!"

"그렇다면, 제 가슴을 노린 건 실수가 아니었다는 말이군요. 이류 무사씩이나 되어서 열두 번 넘게 실수했다니……."

"그건……."

"이류 무사 판정은 대체 누가 한 건가요? 아, 본인이 했나 보군요."

"아, 아니오! 사부님께서……."

그는 말문이 막혀 더 말을 잇지 못했다.

말하면 할수록 사부를 욕되게 하는 상황이니까.

그러니까 왜 그런 짓을 해서는…… 쯧쯧.

"그리고 정말 실수였단 말이오."

"그런가요? 그렇다면……."

누님의 눈빛이 싸늘해졌다.

"아직 항복을 외치지 않으셨죠? 그 실수한 손, 잘라드리죠."

"하ㅇ……."

하지만 수진욱 무사는 항복을 외치지 못했다. 누님의 주먹이 그의 안면에 박혔기 때문이다.

빡!

"크헉!"

와우! 향옥 누님, 화끈하시네!

누님의 행동에 사람들은 환호했다.

"와아아아!"

"멋지다! 향옥!"

하지만 향옥 누님은 거기서 끝내지 않고 그대로 무릎으로 그자의 복부를 가격했다.

"크, 크으윽!"

계속된 누님의 맨손 공격에 그는 결국 비무장 바닥에 쓰러지고 말았다.

누님은 검을 들고 다가가 그자의 팔을 지그시 밟았다.

"끄아악!"

검을 역수로 들고, 그자의 손을 향해 내리찍으려는 그 순간!

"자, 잠시만! 잠시만 제 말을 들어 주시오!"

뭐지?

그는 비굴한 표정으로 말을 이었다.

"사, 사실 귀하에게 망신을 주라고 시킨 자들이 있소."

뭐?

그 말에 사람들이 웅성거렸다.

"누굽니까? 그자가?"

"저, 저자들이오!"

그는 손가락으로 어딘가를 가리켰다. 그 손가락이 닿은 곳에는 네 명의 거한들이 있었다.

어라? 어딘가 낯이 익은데…….

아! 저번에 향옥 누님 일행이 줄을 서고 있을 때 저열한 말로 모욕했던 자들이구나.

나는 이 일의 전모를 알 것 같았다.

아미파의 다른 제자들도 이를 알아차렸는지 벌떡 일어나 소리쳤다.

"어? 저자들은?"

"일전에 저희를 저속한 말로 희롱했던 이들입니다!"

"다시는 그런 짓을 하지 않기로 서약서도 썼는데……."

그 거한들은 당황하여 손을 내저었다.

"우, 우리가 무슨……."

"우리가 언제 그랬다고……."

그들이 부인하자 수진욱 무사가 버럭 소리를 질렀다.

"그럼 내가 거짓말을 했다는 것이오? 분명 여기에…… 계약서도 있는데!"

그는 품에서 계약서를 꺼내 내밀었다.

향옥 누님은 그걸 받아 읽어 보았다. 누님의 입매가 비틀렸다.

"나에게 망신을 주면, 은자 열 냥을 준다는 계약서로군요. 그리고 여기에 적힌 이름은 일전에 우리가 받았던 서약서의 이름과 같고……."

상황이 이렇게 되자 그 거한들은 빼도 박도 못하게 되었다.

"저런 쳐……!"

해청신니가 뭐라고 하기 전에 관람객들이 먼저 반응을 보였다.

"저런 쳐죽일 놈들!"

"이 용봉비무회장에서 뭣들 하는 거야!"

"저런 놈들은 무림에서 퇴출해야 해!"

그들은 서둘러 도망가려 했지만, 이미 그 퇴로는 해청신니에 의해 막힌 상황이었다.

그리고…….

"잠시 저희와 가시죠."

순찰대에 의해 추포되어 어디론가 끌려갔다.

그렇게 상황이 정리되자, 이제 남은 건 향옥 누님과 수진욱 무사 간의 승패였다.

"그럼……."

향옥 누님은 수진욱 무사를 보았다.

"다시 그 손을 베어드리죠."

"항복! 항복하겠소!"

그는 다급히 항복을 외쳤고, 그렇게 승부는 향옥 누님의 승리로 결정 났다.

수진욱 무사 역시 순찰대에 의해 어디론가 연행되었다.

향옥 누님이 내려왔고, 우리는 얼른 향옥 누님에게 향했다.

"향옥아!"

"아, 큰어머니!"

"오늘의 승리를 축하한다. 그나저나 고생이 많았구나."

"아닙니다. 살다 보면 저런 놈들을 만나는 게 드문 일도 아니니까요."

나는 누님께서 저런 치한을 밟아 버린 것이 이번이 처음이 아니라는 것을 깨달았다.

그날 저녁.

어머니께서는 향옥 누님의 승리를 축하하며 다시금 아

미파의 일행들을 객잔으로 초대했다.

나는 누님이 머물고 있는 객잔으로 가서 그녀들을 데리고 우리가 머무는 객잔으로 향했다.

그때였다.

길을 걷던 누군가 우리를 보더니 말했다.

"어? 저분은?"

"그 파렴치한 놈을 때려눕힌 여협, 설검여협이 아닌가?"

"오! 그렇군."

설검여협(舌劍女俠).

혓바닥이 검인 여협을 의미한다.

이번에도 저 명호를 다시 듣게 되는구나.

"설검여협? 서호야? 그게 혹시 나를 지칭하는 명호니?"

"그런 듯합니다."

아, 그러고 보니 누님께서는 그 명호를 싫어하셨는데.

그래서 사고를 치는 바람에 그거 수습하느라 힘들었다고 하셨…….

덥석!

나는 얼른 누님의 옷자락을 잡았다.

"누님! 사고 치시면 안 됩니다!"

다행히 누님이 자신을 설검여협이라 부른 이들을 상대로 사고 치시려는 것은 막았다.

"왜 막은 것이냐? 무인에게 혓바닥이 검이라니! 그건

치욕스러운 명성임을 모르는 것이냐?"

누님의 말에 나는 고개를 끄덕였다.

"압니다. 하지만 저는 그 명호가 치욕스러운 명성이 아니라고 생각합니다. 그 명호에는 사람들의 애정이 담겨 있으니까요."

"애정이라니? 설검여협이라는 명호에 무슨 애정이 있다는 말이냐?"

"그만큼 사람들은 누님을 높게 쳐 주고 있는 겁니다. 뒤에 여협이라는 말이 들어갔지 않습니까? 정말 그 명호가 조롱하기 위해서였다면 여협이라는 말 대신, 마녀라든지 광녀 같은 말이 붙었을 겁니다."

"음……."

"솔직히 저는 아까 누님께서 비무대에서 하신 말을 듣고 속이 다 시원했습니다."

내 말에 다른 아미파의 제자들도 동의했다.

"맞아."

"나도 속이 시원했어!"

"정말 멋졌다니까!"

그러자 향옥 누님은 헛기침을 하며 분노를 가라앉혔다.

"험, 험험, 그, 그래?"

"협사의 검은 협의를 위해 쓰이기에 협사인 겁니다. 즉, 누님의 말이 협을 행했기에 설검여협이라는 명호가 붙은 거라고 생각합니다."

내 말에 누님은 고개를 끄덕였다.

"그러고 보니, 그렇구나. 네가 아니었다면 실수할 뻔했구나. 고맙다."

"별말씀을 다 하십니다."

나는 조용히 속으로 가슴을 쓸어내렸다.

이걸로 누님이 사고 칠 일은 없을 거다.

"그런데 방금 마녀라든지 광녀라고 했지?"

"그랬습니다만……."

"예를 들어도 왜 하필 그걸 말한 거니? 혹시 평소에 나를 그리 생각하고 있던 건 아니지?"

"!"

나는 얼른 손을 내저었다.

"아, 아닙니다! 절대 아닙니다!"

"흐흐, 농담이었어."

그리고 저 앞으로 성큼성큼 걸어갔다. 나는 다시 가슴을 쓸어내렸다.

한시도 방심하지 못하게 한다니까.

그때 뒤에서 누군가 슬그머니 다가왔다.

"제법이구나."

"……!"

고개를 돌려보니, 일이 있어서 늦게 출발하신다는 해청신니께서 나를 보며 씩 웃고 계셨다.

나는 뭔가 겸연쩍어져서 뒷목을 긁적였다.

"저 녀석을 이렇게 쉽게 설득하다니 화술이 제법이로

구나."

"제가 뭐 한 건 없습니다. 누님께서 제 말을 들어 주신 것뿐입니다."

해청신니는 알 듯 모를 듯한 미소를 지으실 뿐이었다.

"어서 가자꾸나."

"아…… 네."

곧 우리는 객잔에 도착했고, 어머니가 미리 주문하신 음식들이 나오기 시작했다.

나는 부지런히 음식을 먹었다.

내가 얼른 올라가야 아미파의 제자들이 마음 놓고 음식을 먹을 테니까.

.

.

.

며칠이 지났다.

예선전은 순조롭게 진행되었고, 어제 당조웅이 예선전에 출전했다.

그리고 승리를 거두었다.

당조웅의 나이만 보고 깔보았던 상대방은 당조웅의 매서운 검을 막지 못하고 공격을 허용했다.

사실, 사천당가처럼 독이나 암기가 주력인 이들에게 이런 공식적인 비무는 무척 불리했다.

비무에서는 독이나 암기의 사용이 금지되기 때문이다.

그나마 사용할 수 있는 건 지풍 정도.

용독술과 암기술로 유명한 사천당가인데, 독과 암기를 쓰지 못한다니!

그야말로 손과 발을 묶어 놓는 것과 진배없었다.

그럼에도 저번 용봉비무회에서 본선에 진출한 당수빈 소저와 이번 첫 번째 예선을 통과한 당조웅이 대단한 것이다.

그리고 지금, 나는 당대정 대주님의 초대를 받아 사천당가의 별가로 향하고 있었다.

나는 힐끔 뒤에서 따라오고 있는 이필 무사를 보며 물었다.

"정말 괜찮으시겠습니까?"

그의 표정이 썩 좋지 않아 묻는 것이다.

내 물음에 이필 무사는 고개를 끄덕였다.

"저는 괜찮습니다. 그러니 걱정하지 않으셔도 됩니다."

본인이 저렇게 말하니, 내가 뭘 더 어찌할 수도 없다.

내가 이필 무사를 걱정하는 이유는, 이필 무사의 아버지인 당두정 훈련교관이 현재 사천당가의 별가에서 지내고 있기 때문이다.

이필 무사는 당씨 성을 버리고 집을 뛰쳐나왔다. 그러나 이러니저러니 해도 아버지는 아버지다.

내가 초대받아 가는 자리는 당조웅의 첫 번째 예선 통과를 축하하는 자리라고 했다.

용봉비무회에서 첫 번째 승리를 거두면 연회를 베풀어 축하하는 것이 오랜 전통이라고 했으니까.

그래서 전에 어머니께서 향옥 누님 일행에게 연회를 베풀어 주신 것이기도 하다.

분명 이필 무사가 아버지를 만나게 될 텐데…….

후…… 나도 모르겠다.

곧 우리는 사천당가의 별가에 도착했다.

그리고 당대정 대주님의 시종의 안내를 따라 접빈실로 향했다.

그곳에서 가볍게 차를 마시고 있으니, 당수빈 소저가 찾아왔다.

"이런 즐거운 자리에 초대해 주셔서 감사합니다."

"저희야말로 초대에 응해 주셔서 감사해요."

"조웅이의 승리를 축하하는 자리인데, 당연히 와야지요."

"지금 대주님께서는 다른 분들을 맞이하시느라 바쁘셔서 제가 대신 왔어요. 저를 따라오세요. 연회장으로 안내해 드릴게요. 아, 그 전에 잠시만요."

당수빈 소저는 내 얼굴을 바라보았고, 나는 고개를 갸웃했다.

갑자기 왜?

"잘생긴 얼굴을 보면서, 원기를 좀 회복하고 있었어요."

"……."

역시 얼굴을 밝히는 성향은 여전하구나.

"아! 역시 잘생겼어……."

"험험."

내가 민망해져 헛기침을 하자, 당수빈 소저가 호호 웃으며 말했다.

"그럼 연회장으로 안내할게요."

연회장은 그리 멀지 않았다.

애초에 별가다 보니 그리 공간이 넓지도 않았으니까.

물론 작다고 할 정도도 아니지만.

그렇게 연회장으로 이동하던 중, 당수빈 소저가 앞을 향해 말했다.

"아, 숙부님!"

당수빈 소저가 나에게 말했다.

"당두정 숙부님이세요. 현재 무림맹에서 훈련교관으로 계시죠."

"은해상단의 은서호입니다."

"당두정이네. 이리 만나게 되어 반갑네."

나에게 그리 말한 당두정 훈련교관은 고개를 돌려 내 옆의 이필 무사를 보았다.

당수빈 소저도 그제야 아차 하는 표정을 지었다.

하지만 그 전에 당두정 훈련교관의 입이 먼저 열렸다.

"소단주의 호위무사와 잠시 이야기를 나누고 싶은데, 허락해 주겠나?"

나는 바로 대답하는 대신 이필 무사를 보았고, 그는 한숨을 내쉬며 고개를 끄덕였다.

"그리하십시오."

그리고 우리는 당수빈 소저를 따라 연회장으로 향했다.

　그녀는 작은 목소리로 말했다.

　"죄송해요. 이럴 줄 알았으면 숙부님께 오늘 자리를 비워 달라고 할 것을 그랬어요."

　"괜찮습니다. 이필 무사님도 오늘 아버지를 만날 걸 각오하고 온 듯하니 말입니다."

　그러니 내가 여러 번 객잔에 남아 있으라고 권했음에도 이렇게 나를 따라온 거겠지.

　　　　　　　* 　* 　*

　걱정된다는 듯, 계속 뒤를 힐끗 보고 가는 은서호를 보며 당두정 교관이 말했다.

　"좋은 주군이구나."

　이필 무사는 고개를 끄덕였다.

　"네. 정말 좋은 분입니다."

　"좋은 주군을 만나는 건 큰 복이지. 잘 지냈느냐?"

　"네."

　"가주님에게 서신을 받았다. 사천당가에서 있었던 일에 대해서……."

　이필 무사는 입술을 깨물었다.

　"미안하구나."

　"……."

"내가 무슨 말을 해도 네 상처를 치료해 줄 수 없다는 것은 잘 알고 있다."

이필 무사는 그 말을 듣고는 잠시 눈을 감았다가 떴다.

"아버지."

"……!"

당두정 교관의 눈이 커졌다.

이필이 이렇게 갑작스럽게 자신을 아버지라고 부를 줄은 예상하지 못했기 때문이다.

"솔직히, 어릴 적의 저는 아버지를 원망하곤 했습니다. 아니…… 세상 모든 것을 원망했습니다. 그렇게라도 해야 견딜 수 있었으니까요."

당두정 교관은 담담한 눈으로 그리 말하는 아들을 보며 가슴이 찢어지는 듯했다.

"하지만 말입니다. 지금의 저는 아버지를 원망하지 않습니다. 아버지께서는 저를 위해 최선을 다하셨다는 것을 알게 되었으니까요."

"……."

이필 무사는 당두정 교관과 눈을 마주했다.

"한 가지 묻고 싶은 게 있습니다."

"무엇이냐?"

"아버지께서는, 제 어머니를 사랑하셨습니까?"

당두정 교관은 망설임 없이 고개를 끄덕였다.

"네 어머니는, 오화는…… 내가 진정으로 연모하고 은애한 단 한 명의 여인이다."

"그럼, 되었습니다. 적어도 제 출생에 두 분의 은애함이 있었으니 말입니다."

이필 무사는 그에게 고개를 숙였다.

"아버지. 건강 조심하십시오."

"그래……."

이필 무사는 그렇게 인사를 남기고는 은서호의 뒤를 쫓았다.

그 모습을 보던 당두정 교관은 고개를 들어 중얼거렸다.

"오화…… 우리 아들, 참 잘 컸소. 이 못난 아비의 건강도 염려해 주니 말이오……."

* * *

연회장에 들어와 자리에 앉아 있자니, 이필 무사가 우리 쪽으로 다가왔다.

다행히 아까보다 훨씬 밝아 보였다. 뭔가 후련해 보이기도 했고.

이야기가 그리 나쁘지 않았다는 거겠지.

"하하하! 조웅이를 좋게 봐 주시니 감사할 따름이외다."

그때 밖에서 큰 소리가 들렸고, 곧 문이 열리고 한 무리의 이들이 안으로 들어왔다.

당대정 대주님과 당조웅 그리고 어딘가 낯이 익은 이들

이다.

당조웅이 나를 보더니 웃으며 내게 달려왔다.

"대협! 이리 와 주시니 감사합니다."

당조웅이 그리 반응하니, 손님들은 내가 누군지 궁금한 모양이다.

"저 젊은이는……?"

그 물음에 당대정 대주가 대답했다.

"아, 은해상단의 은서호 소단주이네."

"은해상단이라면…… 아! 그곳이군! 황실에 비단을 납품한다는……."

"그 자무인형?"

"작풍기도 만드는 곳이었나?"

생각보다 우리 은해상단이 무림인들 사이에서도 유명한 모양이다.

나는 정중히 포권하며 인사했다.

"말씀대로입니다. 은해상단의 은서호입니다."

하지만 그들의 얼굴을 보니, 나에게 관심이 없어 보였다. 내가 상계의 사람이라는 것을 알고 실망한 표정.

오히려 과도한 반응을 보이는 당조웅이 이해가 되지 않는다는 반응이다.

"험험, 사천당가에 은해상단이 후원하는 겁니까?"

솔직히 무림인과 상인의 접점이라면 후원밖에 없으니 그 물음은 당연했다.

그리고 무림에서 한 가락 하는 곳이라면 후원을 하겠다

는 상인들이 줄을 선다.

그 콧대가 높은 것도 일견 이해가 간다.

"아, 그건 아니오."

당대정 대주님이 말을 이었다.

"우리 사천당가가 은 소협에게 은혜를 입은 적이 있소. 자세한 건 내부 사정이라 말할 수 없지만…… 은 소협을 홀대한다면 사천당가는 이를 결코 좌시하지 않을 것이오."

그 엄포에 그들은 묘한 시선을 보냈고, 나는 귀밑을 긁적일 수밖에 없었다.

완전 내 얼굴에 금칠을 해 주시다 못해, 금가루를 탈탈 뿌려 주시네.

나는 자리에 앉았고, 음식을 먹기 시작했다.

그나저나 아무리 첫 번째 승리를 축하는 연회라고 해도 개인적으로 초대해도 되는데 이렇게 나를 보란 듯이 초대하셨다라……

뭔가 이유가 있다는 건데?

뭐가 어찌 되었든 결심했다. 후딱 먹고 자리를 뜨기로.

.

.

.

시간이 빠르게 흘러 수백 명이 참가한 예선이 모두 끝났다.

저번 용봉비무회 본선 진출자 역시 포함하여 백팔 명을

뽑았기에 예선에서는 총 아흔한 명이 올라왔다.

두 사람이 겨루어서 승자가 위로 올라가는 방식이다 보니 수가 딱 맞으면 좋지만 그렇지 않은 경우가 많았다.

그렇기에 이를 해결하기 위해 최종예선은 특별한 방식으로 치른다.

일종의 승점 쌓기 및 연승전의 방식이다.

최종예선에 진출한 이들은 사회자가 그 이름을 뽑아 비무대에 선다.

그리고 역시 뽑기로 올라온 무사와 승패를 겨루는데, 세 번 연달아 이기면 그 무사는 그대로 본선 진출이다.

생각보다 세 번 연달아 이기는 경우는 그리 많지 않기에 쉽게 본선 진출자 명단을 만들 수 있었다.

하여 제갈유아 소저도, 향옥 누님도, 조웅이도 각각 네 번의 예선과 최종예선을 거쳐서 본선에 진출했다.

솔직히 제갈유아 소저와 향옥 누님의 본선 진출은 예상했지만, 조웅이의 분전은 뜻밖이었다.

내 생각보다 훨씬 재능이 넘치는 녀석이었던 거다.

그리고 드디어 오늘,

용봉비무회의 본선이 시작된다.

나는 오늘도 어머니와 함께 비무회장으로 향했다. 그리고 지정된 좌석에 앉아 스윽, 앞을 보았다.

예선전 때는 거의 비어 있던 갑석이 꽉 들어차 있었다.

진정한 거물들이 등장한 것을 보니, 새삼 본선은 본선

이라는 생각이 들었다.

사실 오늘 아버지도 오셔야 했지만, 갑작스럽게 생긴 일 때문에 오지 못하셨다.

"이렇게 비무장을 찾아주신 여러분들! 기다리고 기다리던 본선의 날이 밝았습니다!"

"와아아아아!"

"그럼, 본선을 시작하기 전에 이 무림맹을 지탱하고 계시는 맹주님의 말씀을 듣겠습니다."

그럼 그렇지.

원래 모든 행사에는 그 행사를 주최하는 곳에서 나와서 얼굴을 비추는 법이다.

무림맹 역시 별반 다르지 않았다.

저쪽에 있던 붉은 천막 아래에서 한 노인이 자리에서 일어났다.

그리고 비무대 위에 올라섰다.

"이리 여러분들을 만나 뵙게 되어서 반갑습니다. 방금 소개받은 무림맹주 남궁진입니다."

무림맹주 남궁진.

과거 혈교의 잔당과의 전투에서 크게 활약했던 영웅 중 한 명이다.

당시의 활약으로 평산검제(平山劍帝)라는 명호를 얻었다. 검을 한 번 휘둘러 산을 평지로 만들었다는 의미다.

"이번 용봉비무회를 빛내 주시기 위해……."

솔직히 들으나 마나 한 이야기였기에 대충 한 귀로 들

고 한 귀로 흘리고 있었다.

그런데…….

마치 있어서는 안 될 것을 본 듯한 꺼림칙한 느낌이 들었다.

대체 이 느낌은 뭐지?

62장. 흑기지수

후기지수

흑도의 인물을 마주했을 때와는 또 다른 느낌.

처음 느껴 보는 감각에 나는 입술을 깨물고 주변을 살펴봤지만, 특별한 건 없었다.

아무래도 사부님께 여쭤봐야 할 듯하다.

사부님께서도 비무회를 관람하신다고 했는데, 어디에 계신 거지?

아, 그러고 보니…….

사부님께서 말씀하셨다.

"개인적으로도 그렇고, 용봉비무회는 제법 흥미로운 행사이니 참관할 생각입니다. 하지만 다시 만났을 때, 서로 인사를 나눌 수 없을 수도 있으니 이 점, 양해 부탁드립니다."

그렇다면 어디선가 보고 계시겠지만, 다른 사람으로 위장하거나 숨어서 보신다는 뜻이다.

과연 어디에 계실지 궁금해졌다.

어?

나는 두 눈을 깜박였다. 방금까지 그렇게 나를 기분 나쁘게 했던 기운이 온데간데없이 사라졌기 때문이다.

뭐지?

보통 그런 기운이 사라질 때는 점점 옅어지면서 사라졌는데, 이번에는 달랐다.

그냥, 딱 끊긴 것처럼 순식간에 사라졌다.

고개를 갸웃하는 사이, 맹주의 감사의 말이 끝났다.

"그럼 지금부터! 제삼십육회 용봉비무회 본선을 시작하겠습니다!"

"와아아아아!"

"우선 백팔 명의 본선 진출자를 소개합니다!"

그 말에 미리 아래에서 준비하고 있던 백팔 명의 이들이 비무대 위로 올라왔다.

미리 어떻게 서야 하는지에 대해 언질을 받았는지, 본선 진출자들은 질서정연하게 서서 관객들을 바라보았다.

"이 무림을 이끌어 나갈 백팔 명의 후기지수입니다! 큰 환호 부탁드립니다."

"와아아아아!"

사회자의 말에 관람객들은 주먹을 흔들며 큰소리를 질러 환호했다.

나 역시 향옥 누님을 비롯하여 제갈유아 소저와 당수빈 소저, 그리고 조웅이를 응원했다.

그나저나 백팔 명이라…….

내가 듣기로 본선 진출자를 백팔 명으로 맞춘 건 용봉비무회를 처음 시작할 당시 맹주였던 한 소림사 고수의 주장 때문이라고 했다.

백팔 개의 번뇌를 없앨 수 있는 영웅이 되길 바란다는 의미라나?

아무튼, 그렇다 보니 무사들이 서로 겨루어서 패자는 탈락하고 승자는 위로 올라가는 그런 방식으로는 우승자를 결정하는 것이 조금 묘해졌다.

백팔 명이 서로 싸워서 위로 올라가는 자들은 쉰네 명.

그들이 다시 겨루면 위로 올라가는 자들은 스물일곱 명이다.

그렇기에 할 수 없이 부전승으로 올라가는 자들이 생기기 마련이었다.

각자 번호패를 뽑아 대진표를 결정하는 만큼 잘만 뽑으면 싸우지 않고 한 번은 위로 올라갈 수 있었다.

물론 처음 두 번은 이겨야 부전승의 행운을 누릴 수 있었지만 말이다.

그래서 실력을 겨루는 비무회임에도 뽑기 운이 좀 중요한 편이다.

"그럼, 지금부터 차례대로 비무대 위에서 내려오면서 번호표를 뽑아 주십시오."

사회자의 말에 따라 본선 진출자들은 비무대 위에서 내려오면서 번호표를 뽑았다.

그리고 그 옆의 커다란 게시판에 붙은 종이에는 무사들의 이름이 적히기 시작했다.

물론 그 종이가 훼손될 수도 있기에 세 명의 서기가 그것을 따로 기록해 둔다.

그렇게 최종 대진표가 결정되었다.

그나저나 비무를 하던 무사가 날린 검기가 관람객들을 향해 날아간 사건이 슬슬 일어날 때가 되었다.

혹시나 해서 예선 내내 어머니 곁을 지켰는데, 그 사건은 본선에서 일어났었나 보다.

그런데 문득 드는 생각.

지금 비무대회는 이전 삶과 많이 달라졌다.

대표적으로 제갈유아 소저나 조웅이가 본선에 올라와 있는 것.

그러면서 대진표도 많이 달라졌을 것이다.

그렇다면 당시의 일이 일어나지 않을 수도 있는 거 아닌가?

그리 생각하다가 이내 고개를 흔들었다.

그렇게 방심하다가 만약 사건이 발생한다면, 나는 나 자신을 용서하지 못할 것 같으니까.

그래도 되도록 그런 일이 생기지 않기를 바라며 비무회를 지켜보았다.

.

다행히 오늘은 큰 사고 없이 비무회가 끝났다.

물론 비무회라는 것이 진검승부인 만큼 출전하는 무사들이 상처를 입는 건 당연한 일이었다.

자잘하게는 비무장을 굴러서 생긴 타박상부터 시작해서 검에 베이거나 찔린 상처까지.

무리하게 내공을 끌어 올려 내상을 입기도 했다.

그래서 들것에 실려서 나가는 경우도 종종 있었다.

내가 볼 때 무사들이 그렇게 무리하는 이유는 명예 때문이다.

본선에서의 승패 역시 항복하거나 장외가 되었을 때, 혹은 심판으로 나선 이가 속행이 불가능하다고 판단될 때 결정되었다.

속행할 수 없는 경우는 상대가 기절하거나, 무사 생명에 지장이 생길 경우다.

스스로가 판단하여 항복하면 좋겠지만, 한 번만 이겨도 그만큼 명성이 쌓이는 거다.

무림의 무사들에게 명성은 생각보다 현실적으로 다가오는 것이었다.

명성이 쌓여야 가문이나 문파에서의 입지가 커지며, 후원이 이어지니까.

또한, 쇠락한 가문이나 문파가 되살아날 수도 있다.

그런 이유가 있기에 다들 처절하게 싸우는 거고, 그래

서 예선전보다 훨씬 부상이 많은 것이다.

왜 비무대의 벽강목에 옻칠을 했나 했더니…… 핏물이 나무에 배면 지우기 힘드니 그런 거였군.

나는 부모님을 객잔에 모셔다드리고 상단의 임시상점으로 향했다.

그런데…….

"정말 죄송합니다. 재고가 지금 없어서……."

뭐? 재고가 없다니?

그게 무슨 말이지?

나는 다급히 윤 행수에게 다가갔다.

"윤 행수님. 무슨 일입니까?"

"아! 소단주님 오셨습니까?"

"재고가 없다는 말이 들리던데요. 엊그제 상품을 새로 가득 채웠지 않습니까?"

"맞습니다. 다른 건 아직 재고가 충분합니다만, 금창약의 재료인 어골분과 횟가루가 부족합니다."

금창약은 외상을 지혈하기 위한 약이다.

그리고 어골분(魚骨粉), 즉, 물고기 뼛가루는 최고급 금창약의 가장 중요한 재료다.

그보다 떨어지는 재료가 석회 가루다.

지난 삶의 기억을 통해, 어골분과 횟가루가 상당히 많이 팔린다는 것을 알기에 그만큼 많이 구비해 놨는데, 재고가 없다니!

"할 수 없죠. 서둘러 상단에 전서를 보내어 어골분과 횟가루를 보충하도록 하십시오."

"알겠습니다."

"저는 인근 상단을 돌면서 어골분과 횟가루가 여유가 있는지 알아보도록 하겠습니다."

.

.

.

그리고 몇 시진 후.

나는 허탈한 표정을 지을 수밖에 없었다.

"······없다고요?"

"그렇다네. 우리도 지금 탈탈 털었다네."

몇 군데의 상단을 돌았지만, 돌아오는 대답은 '없다'는 거였다.

그리고 지금 마지막 상단에서도 마찬가지의 대답을 들었다.

"횟가루는요?"

"그것도 없네."

이게 대체 어떻게 된 일이지?

나는 객잔으로 돌아와 아버지에게 상황을 보고하고는 객실로 올라갔다.

"팔갑아, 차 한 잔 부탁해."

"알겠습니다요."

나는 팔갑이 우려 준 차를 마시며 생각을 정리했다.

음, 차 우리는 솜씨가 나날이 발전…… 아니, 이게 아니고…….

내 이전 삶에서 이맘때쯤의 나는 골골대는 몸을 이끌고 열심히 포목점을 운영하느라 바빴다.

그렇기에 이번 용봉비무회에 대해서 잘 알지는 못한다. 이번 용봉비무회 때 낙양에 갔던 진호 형에게 대충 사정을 들었을 뿐.

당시 진호 형이 갔던 이유는, 진호 형이 무공에 관심이 많았기에 견문을 넓혀 주고자 외총관이 적극 추천했기 때문이다.

당시 우리 상단의 위치도 지금보다 낮았기에 부담감도 크지 않았고.

하지만 그때와 상황이 많이 달라져서 내가 오게 되었다.

아무튼, 당시 진호 형의 말에 의하면…….

"당시 부상자들이 꽤 많이 나왔었나 봐. 우리가 준비한 어골분이랑 횟가루가 똑 떨어진 거 있지."

"그래서 어떻게 했어?"

"어떻게 하긴…… 그거 다시 가지고 오느라 죽을 뻔했지만, 한편으로는 다행이다 싶기도 하고."

"응? 다행이라니?"

"그거 가지고 오느라 낙양을 뜬 사이에 비무하던 자들이 날린 검기가 관람석으로 날아갔으니까. 하필이면 거기가 을석이어서 말이야."

"아…… 그건 다행이네."

"아무튼, 다시 가지고 온 것도 금방 동이 나서 말이지. 그건 우리뿐만이 아니라 다른 곳도 마찬가지더라. 그래서 어골분이랑 횟가루의 가격이 엄청나게 올랐잖아. 그것도 열 배 넘게 말이야."

그걸 기억하고 있기에 원래 계획했던 것보다 훨씬 많은 양을 챙겨 왔었다.

그런데…… 생각해 보니, 뭔가 이상했다.

용봉비무회를 노리고 와서 임시상점을 여는 상단은 백여 개의 상단이 넘었다.

그리고 금창약의 재료인 어골분이나 값싼 횟가루 정도는 필수적으로 구비하고 있었다.

그들이 가지고 온 재료와 우리가 가져온 재료를 합치면 이번 본선에 진출한 백팔 명의 전신에 발라도 부족함이 없었다.

오히려 넉넉하게 남을 거다.

그런데…… 본선이 예선전보다 훨씬 치열하다고 해도, 그래서 부상자들이 속출한다고 해도 고작 하루 치렀는데 어골분이 없다고?

나는 눈을 빛냈다.

가장 저렴한 횟가루는 그렇다 쳐도, 어골분은 한 홉에 은 네 문이다.

닭 한 마리 가격.

그걸 열 배 넘게 받았다고 한다. 그 말은 그 가격에 구입했다는 말이기도 하다.

무림인들이 싸우다가 죽는 건 목이나 심장 같은 급소에 공격을 허용한 이유도 있겠지만 제때 치료를 하지 못해서 과다출혈로 죽는 경우도 적지 않다.

그러니 어쩌겠는가?

죽지 않으려면 금창약이 아무리 비싸도 사서 써야지.

세상에 목숨보다 중한 건 없으니까.

그런데, 분명 그때 진호 형이 그랬다.

"다시 가지고 온 것도 금방 동이 나서 말이지. 그건 우리뿐만이 아니라 다른 곳도 마찬가지더라. 그래서 어골분이랑 횟가루의 가격이 엄청나게 올랐잖아."

다른 곳도 어골분과 횟가루가 동이 났는데, 사람들은 어디서 샀을까?

뭔가 냄새가 났다.

나는 팔갑에게 쪽빛 천을 부탁했고, 그걸 창문에 걸쳐 놓았다.

아무래도 춘일을 만나야 할 것 같았다.

．
．
．

다음 날 아침.

아침을 먹고 있던 나에게 팔갑이 다가와 말했다.

"저, 방금 한 아이가 이걸 주고 갔습니다요."

나는 팔갑이 건네주는 종이를 펼쳤다.

오늘 사시(巳時:오전9~11시) 초(初)에 유미 객잔 옆에
서 뵙겠습니다.

사시 초라면, 춘일을 만나고 비무장으로 가면 되겠군.

부모님께 양해를 구하고 먼저 비무장으로 가시라고 한
후, 나는 유미 객잔으로 향했다.

옆에서 주문을 기다리는 척하며 서 있자, 객잔 점소이
가 만두를 들고 내게 다가왔다.

"손님, 주문하신 만두 나왔습니다."

익숙한 기운에 나는 씩 웃었다.

"아, 감사합니다."

나는 그 만두를 받아 팔갑에게 넘기며 말했다.

"해 주어야 할 일이 있습니다."

"무엇입니까?"

나는 춘일에게 간략히 사정을 설명하고 업무를 지시했
다.

"……그걸 조사해 주십시오."

"알겠습니다."

나는 자리를 뜨려고 했지만, 춘일의 말에 발을 멈출 수

밖에 없었다.

"손님, 동 일곱 문입니다."

"……."

한숨을 내쉬며 품을 뒤져 동 일곱 문을 내밀자, 춘일은 환하게 웃으며 그걸 받았다.

"감사합니다. 앞으로도 계속해서 이용 부탁드립니다."

변장에 아주 진심이군.

그렇게 춘일에게 일을 맡긴 나는 곧장 비무장으로 향했다.

오늘 비무는 무척 중요했다. 향옥 누님이 출전하기 때문이다.

어제 본 대진표에 의하면, 네 번째 순서이다.

"일은 잘 마무리하고 왔느냐?"

"예, 잘 마무리하고 왔습니다."

"다행이구나. 아직 비무가 시작하기 전이다."

부모님의 말씀에 나는 고개를 끄덕이며 자리에 앉았다.

그때 진행자가 나왔다.

"그럼, 지금부터 두 번째 날의 본선을 시작하겠습니다! 첫 번째 순서는……."

비무대 위에 두 명의 무사가 올라왔다.

그들은 각각 화산파의 제자와 종남파의 제자이다.

두 문파는 같이 섬서성에 자리 잡고 있다 보니 경쟁 관계에 있었다.

그래서 사이도 별로 좋지 않다.

"참, 저렇게 대진표를 하려고 해도 못 할 터인데……."

"그러게 말이오."

사람들의 중얼거림이 들렸다. 아버지도 흥미롭다는 표정을 지으셨다.

"화산파와 종남파라…… 게다가 나이도 동갑에 배분도 같다라……."

한 가지는 확실했다.

여기서 지면 그자의 앞날은 무척 어두울 거라는 것.

절대 물러설 수 없는 싸움인 거다.

둥-!

북소리와 함께 비무가 시작되었다.

보통 초반에는 서로 상대방을 탐색하는데, 이번에는 그런 게 없었다.

그만큼 자주 싸워 왔다는 거겠지.

"하앗-!"

먼저 검을 휘두른 자는 화산파의 제자였다. 그의 검에서 선연한 검기가 뻗어 나왔다.

"허! 벌써 검기라니!"

사실 일류 무사만 되어도 검기는 사용할 수 있었다. 다만 그걸 오래 유지할 수 없을 뿐.

그래서인지 검기를 짧게 끊어서 휘둘렀고, 그게 마치 매화 꽃잎이 날리는 듯 보였다.

몇 개의 꽃잎이지만, 그 위력은 상당했다.

처음부터 검기를 쓴다는 건 속전속결로 끝내겠다는 것.

하지만 종남파의 제자 역시 쉽게 당해 주지 않겠다는 듯, 마주 검기를 뿜어냈다.

종남파의 절기인 천하삼십육검!

두 무인의 검이 격렬하게 부딪힌 순간!

두 무인의 사력을 다한 검기가 튕겨 나갔다.

누군가 그랬다.

설마가 사람 잡는다고.

지금 상황이 딱 그랬다. 두 무인의 검에서 튕겨 나간 검기가 관람석 쪽, 그것도 우리 쪽으로 날아왔으니까.

젠장!

나는 급히 검을 뽑았다.

* * *

용봉비무회 본선 이틀째.

그 사건이 벌어진 건 첫 번째 순서였다.

앙숙으로 유명한 화산파와 종남파의 제자가 상대였다는 것이 문제였다면 문제였다.

처음부터 서로의 자존심을 걸고 최고의 공격을 펼쳤으니까.

그 두 무인의 검과 검이 부딪치며 검기가 튕겨 나갔다.

사실, 비무대 위에서의 공격이 관람객들에게 영향을 주

지 않도록 진법이 설치되어 있긴 했다.

하지만…….

그 진법에도 맹점은 있었다.

모래알만큼의 차이도 없이, 똑같은 수준의 기파가 부딪히면서 발생하는 공명이 진법을 살짝 뒤틀리게 한 것이다.

지금까지 그런 경우가 없었기에 누구도 알지 못했던 맹점이었다.

그로 인해 진법이 제대로 발동하지 못했고, 두 무사의 충돌로 인해 발생한 검기가 관람객들을 향해 날아간 것이다.

"헉!"

"허억!"

무슨 상황인지 알아차린 관람객들은 그냥 굳어 버렸다.

너무 갑작스러운 일이었기에 비명조차 지르지 못했다.

물론 엄청난 고수들의 검기는 아니었기에 이곳에 있는 고수들 정도라면 충분히 막을 수 있는 수준이었다.

하지만 너무나 갑작스러운 일이었기에 그들도 제때 대처할 수 없었다.

몇몇 이들은 눈앞에 펼쳐질 참상을 예상하고 눈을 질끈 감았다.

그때였다.

한 미청년이 공중으로 뛰어오른 것은.

붉은색 옷을 입은 그 청년의 검에서 푸른빛이 흘렀고,

푸른색의 검기가 마치 물줄기처럼…… 혹은 채찍처럼 늘어졌다.

검사(劍絲)였다.

그 푸른색의 검사는 관람객을 향해 튕겨 나간 검기를 하나하나 막아 내었다.

그 움직임은 말 그대로 아름다웠다.

그리고 그와 함께 움직이는 또 한 명의 무사가 있었다.

백색의 옷을 입은 그 무인은 마치 나비가 움직이듯 날렵하고 부드럽게 공중을 활보하며 붉은 옷의 미청년이 미처 처리하지 못한 검기를 막아 내었다.

참으로 유려한 몸놀림에 관람객들은 감탄했다.

탁!

타앗!

그렇게 관람객들을 향했던 모든 검기를 막아 내고 자신의 자리로 다시 돌아갔을 때 그 시선을 비무대 위에 둔 자들은 아무도 없었다.

심지어 비무대 위에서 치열하게 싸웠던 두 무사도 큰일이 날 뻔했던 것을 막아 준 두 사람을 보고 있었다.

"……."

비무장에 정적이 흘렀다.

* * *

나는 납검했다.

서우 무사 역시 나를 따라 납검했다.

모두의 시선이 우리를 향해 있음을 느꼈다. 그러나 지금 나에게는 그것보다 중요한 게 있었다.

"아버지, 어머니. 괜찮으십니까?"

"어? 그, 그래……."

놀란 아버지가 연신 고개를 끄덕이실 때, 어머니가 그런 아버지의 등을 토닥이며 말했다.

"우린 괜찮단다."

"정말 다행입니다."

나는 아버지 옆에 앉아 계시는 광준상단주와 부인에게도 물었다.

"상단주님과 부인께서도 괜찮으십니까?"

내 물음에 그들은 고개를 끄덕였다.

그때, 갑석에 앉아 있던 한 노인이 나를 보며 말했다.

"설마…… 천류빙검? 극천검의 후예인가?"

그 말에 관람객들이 웅성거렸다. 그만큼 극천검이라는 이름은 유명했으니까.

정작 그 자손들이 어떻게 살고 있는지, 대가 이어지고 있는지 아니면 대가 끊겼는지 등에 관해서는 별 관심이 없으면서 말이지.

"은 소단주! 자네가 어찌 천류빙검을 쓴단 말인가?"

당대정 대주님은 놀란 표정으로 나를 보았다. 그리고 제갈세가의 태상가주님은 뭔가 묘한 표정을 짓고 계셨다.

결론적으로 말하면, 남은 본선 경기는 미뤄졌다.

수많은 사상자가 날 뻔한 상황에서 비무회를 속행하는 건 여러모로 어려웠기 때문이다.

그리고 나는 서우 무사와 함께 무림맹에 있었다. 정확하게 말하면 무림맹의 접빈실에 있었다.

맹주님이 친히 나를 불렀기 때문이다.

현재 접빈실에는 나와 서우 무사만이 있다. 맹주님과 다른 분들은 분명 이 사태를 어찌해야 할지 의논하고 계시겠지.

"이제야 감사의 인사를 드리는군요. 아까 도와주셔서 감사합니다."

내 말에 서우 무사가 머쓱하게 웃었다.

"저는 주군의 호위무사입니다. 당연히 주군을 지키기 위해 검을 들어야 하는 겁니다."

"그리 말씀해 주시니 감사합니다."

"그런데……."

서우 무사가 조심스럽게 내게 물었다.

"아까 그 일이 일어날 건 어찌 아셨습니까? 주군의 실력이 높다는 건 알고 있지만, 마치 대비하신 듯해서……."

정확히 봤네.

나는 이번 용봉비무회 때 그 일이 일어남을 알고 있었기에 한시도 긴장을 늦추지 않고 있었다.

덕분에 늦지 않게 막을 수 있었던 것이다.

하지만 그대로 서우 무사에게 말할 수는 없는 일이다.

게다가 분명 맹주님도 나에게 같은 것을 물어보실 터.

그러나 이에 대한 변명쯤은 미리 준비해 놓고 있었기에 망설임 없이 설명했다.

"제가 익힌 무공 덕분입니다. 주변의 기파를 예민하게 느낄 수 있게 해 주니까요. 그래서 진법을 뚫고 검기가 튀어나올 것을 예측할 수 있었습니다."

"허! 진법이 있음도 알고 있던 건가?"

그때 문이 열리고 무림맹주님이 들어오셨다. 의논이 끝났나 보네.

나와 서우 무사는 얼른 포권하여 고개를 숙였다.

"소상, 은해상단의 은서호가 무림맹주님을 뵙습니다."

"은서호 소단주의 호위무사 서우, 무림맹주님을 뵙습니다."

"고개를 들게."

"감사합니다."

"감사합니다."

우리는 고개를 들어 맹주님을 보았다.

"자리에 앉게나. 늦어서 미안하군."

"아닙니다."

"우선, 오늘 큰일이 벌어질 뻔한 것을 막아 준 것에 대해 감사를 표하네. 소협이 아니었다면 어찌 되었을지…… 정말 아찔했네."

"당연히 해야 할 일이었습니다. 그리고 그곳에는 제 부모님도 계셨습니다. 저로 인해 부모님께서 목숨을 건지셨다는 것만으로도, 저는 제가 무공을 익혀서 다행이라고 생각하고 있습니다."

"소협에게 소협의 사정이 있었다고 해도, 내 입장에서 자네에게 얼마나 고마운지 모른다네."

맹주님이 말을 이었다.

"그런데 극천검의 절기를 어찌 익혔는가? 내가 알기로 분명 극천검은 대가 끊겼다고……."

"아닙니다."

나는 잠시 고민하는 척하다가 입을 열었다.

"후, 이렇게 공개적으로 밝히게 되면 제 사부님께서 싫어하시겠지만 어쩔 수 없겠군요. 사실 제 사부님께서는 극천검 대협의 후손이십니다. 그리고 대가 끊겼다고 알려져 있는데, 사실은 모든 것을 정리하고 종적을 감추신 거라고 하셨습니다."

물론 전에 사부님과 미리 말을 맞춘 거짓말이다.

"그런가? 어찌하여 그런 선택을?"

"당시 극천검 대협의 이름을 감당하기에 벅찼던 그 후손의 결정이었다고 합니다. 그리고 사부님 가문이 워낙 손이 귀하여 대대로 독자로 이어져 왔었다고 합니다."

"그런 사정이 있었군. 그럼, 자네와 극천검의 후손과 무슨 사이기에 천류빙검을 사사한 건가?"

"그게…… 사부님께서는 표국을 운영하고 계십니다. 그리고 저희 상단과 오랫동안 호흡을 맞춰 온 거래처이고요."

"극천검의 후손이 표국이라…….."

이번에 야심하게 준비했던 표국 사업을 진행하지 못한 것에 대한 쓸쓸함 때문일까?

그 표정이 살짝 좋지 않았다.

어차피 망했을 사업인데 욕심도 많으시네.

하지만 표정이 안 좋았던 것도 잠시, 맹주님은 다시 인자한 미소를 지으셨다.

"그래서 인연이 생긴 건가?"

"그런 인연도 있지만, 그것만으로 외인에게 사사하지는 않으셨겠지요. 제가 사부님의 아들의 목숨을 구해 준 적이 있습니다. 산책 중에 크게 다쳐서 죽어 가는 것을 발견하여 겨우 살릴 수 있었습니다."

"호오! 그런 인연이!"

"예, 그래서 사부님께서 그 보답을 해 주고 싶다고 하셨고, 저는 사부님께 무공을 배우고 싶다고 청했습니다."

원래 그럴듯한 거짓말은 팔 할의 진실에 이 할의 거짓을 섞어야 하는 거다.

분명 팔갑이 앞에 있었다면 '소설을 쓰십니다요.'라고 했겠지.

"그래서 자네가 천류빙검을 익히고 있던 거군!"

"그렇습니다."

"그나저나 지금 나이가 몇인가?"

"몇 달 후면 스물하나입니다."

"그 나이에 절정이라니! 상당한 재능이야!"

"좋게 봐 주시니 감사합니다."

"아니야, 진심일세. 이 무림에 자네와 같은 이들이 있어서 얼마나 다행인지 모르겠군."

방금 그 말에서 의논의 결과를 알 수 있었다.

나와 서우 무사를 영웅으로 만들기로 했구나.

하마터면 큰 사고가 일어날 뻔했다. 실제로 지난 삶에서 수많은 이들이 죽고 다쳤으니까.

이번에는 다행히 사상자들이 없었지만, 이에 대해 관람객들이 무림맹을 좋지 않은 눈으로 바라볼 수도 있다.

자칫하면 대규모 환불 사태가 일어날 수도 있다.

하필이면 사고가 날 뻔했던 곳이 가장 비싼 을석이다. 그런 곳에서 환불 사태가 일어난다면 무림맹 입장에서는 상당히 골치가 아플 수밖에.

그 탓에 지난 삶에서는 당시 일을 수습하기 위해 엄청난 돈을 썼다고 들었다.

그래서 한동안 살림이 어려웠다고.

아무튼, 그런 일을 막기 위해서라도 용봉비무회가 속행되어야 했다.

이를 위해 가장 좋은 방법은 젊은 영웅을 전면에 내세우는 것이다.

더군다나 내가 북해빙궁주님의 도움으로 인해 익힌 검법은 이백 년 전 혈교와의 전투에서 영웅이 된 극천검 곽훈 대협의 검법이다.

'극천검의 후예가 나타나 사람들을 구하다.'

내가 생각해도 참 흥미로운 이야기다.

"그래서 말인데, 무림맹에서 그에 대해 보답을 해 주고 싶네."

보답이라…….

"혹시 원하는 게 있나?"

원하는 건 많지.

소소하게는 낙양에서 은해상단이 자리 잡게 해 달라거나 크게는…… 남궁강 상단주의 목이라든지.

문득, 지금의 상황이 재밌게 느껴졌다.

이전 삶에서는 무림맹과 남궁강 상단주에 의해서 목숨을 잃었는데…….

지금은 무림맹의 영웅이라니!

나는 슬쩍 내 손바닥을 보았다. 낙양에만 와도 긴장되어 땀으로 축축하던 손바닥이었다.

하지만 지금은 이렇게 무림맹의 접빈실에 들어와 있는데도 긴장되지 않았다.

그저…….

이 기회를 어떻게 이용할까 하는 생각뿐.

나, 생각보다 실전에 강한 사람이었네.

아무튼 이 자리에서 곧바로 내가 원하는 것을 말하는 건 하수다.

지금 칼자루를 쥔 것은 나니까.

"보답이라니요, 무슨 그런 섭섭한 말씀을 하십니까?"

나는 미소 지으며 말을 이었다.

"저는 저로 인해 부모님과 수많은 이들이 목숨을 구했다는 것에 만족합니다."

나는 포권하며 말했다.

"저는 상인일 뿐입니다. 그리고 저로 인해 은해상단에 관심이 집중된 상황이라 이제 그만 임시상점을 접고 호북으로 돌아가야 할 듯합니다."

맹주님은 입맛을 다시며 나를 붙잡았다.

"내 자네의 마음을 모르는 게 아니지만, 그래도 좀 더 이 낙양에 머물러 줄 수 없겠는가? 하다못해 서 무사라도……."

그 말에 서우 무사가 단호하게 말했다.

"저는 주군의 호위무사입니다. 주군의 곁을 지키는 것이 제 본분입니다."

눈치가 빨라서 그리 대답한 건지, 본심을 밝힌 건지는 잘 모르겠지만…….

덕분에 맹주님은 더더욱 곤란한 듯 보였다.

"음, 그렇다면 이렇게 하면 어떻겠는가? 그대가 상인이라 하니, 좋네. 거래를 하도록 하지."

"……."

"그대가 용봉비무회가 끝날 때까지 이 낙양에 머물러 준다면, 앞으로 무림맹과의 거래에서 최우선의 권리를 주도록 하겠네."

그 말에 나는 곤란한 표정을 지었다.

"이미 무림맹에는 백천상단이 있지 않습니까? 그런데 어찌 최우선의 권리라고 하십니까? 최우선의 권리라고 해도 백천상단 다음이 아닙니까?"

"그래서 최우선의 권리라고 하는 거네. 백천상단보다 더 먼저…… 거래할 권리네."

이거…… 생각지도 못한 횡재다.

그만큼 이번 사고를 조용히 덮고 무사히 비무회를 끝내고 싶다는 거겠지.

무림맹과의 거래에 있어 최우선의 권리라…… 물론 크긴 하다.

하지만 아직은 몸을 사려야 하는 상황이다.

"외람된 말씀이지만, 백천상단과의 관계를 생각하셔야 하지 않겠습니까? 그리고 백천상단은 무림맹의 수익을 위한 곳입니다. 그건 제 살 깎아 먹는 게 될 겁니다. 그러니 그 말씀은 받잡기 어렵습니다."

"허허! 우리 무림맹을 생각해 주는 건가?"

"무림맹이 있어야 무림의 무뢰배들이 함부로 경거망동할 수 없을 것 아닙니까? 또한, 그로 말미암아 저희 같은 상인이 마음껏 천하를 주유할 수 있으니 어찌 무림맹을 생각하지 않을 수 있겠습니까?"

"그렇게 생각해 주다니 참으로 고맙군."

이야…… 나도 참 철면피다.

무림맹이 '무뢰배 단속'을 제대로 못해서 우리 상인들

이 손해를 보는 게 얼마인데…….

게다가 그 무뢰배에는 무림맹도 속해 있음을 알려나?

또한 무림맹은 이전 삶에서 나를 죽인 것이나 다름없는 곳.

무림맹의 무력대가 나와 일행을 습격했으니까.

그런데도 이런 말을 입술에 침도 안 바르고 하는 걸 보면, 나도 제법 연기에 소질이 있단 말이지.

잠시 생각하던 맹주님이 말씀하셨다.

"그렇다면 무림맹과의 거래에서 세 번의 최우선의 권리를 주겠네. 그 정도면 자네가 염려하는 일도 없을 테니까."

"문서로 확약, 가능합니까?"

"물론이네."

이 정도면, 감당할 수 있는 수준이다.

그나저나 이런 거 말고 조용히 이득을 취할 수 있는 그런 걸 제시하시면 좋겠는데 말이지.

"그리고……."

응?

이어지는 맹주님의 말에 나는 내 귀를 의심했다.

와…… 내 생각보다 훨씬 더 다급하셨나 보네.

"그러니까, 제가 원할 때 한 번 무림맹의 무력대를 동원할 수 있게 해 주신다는 겁니까?"

내 물음에 맹주님이 고개를 끄덕이셨다.

"맞네. 강이, 아니 남궁강 상단주에게 들었던 말이 있네. 상단의 일을 하다 보면 무력대를 동원해야 하는 경우도 있다고 하더군."

그 말에 나는 기분이 좋지 않아졌다.

그도 그럴 것이 내 이전 삶에서 남궁강 상단주가 무림맹의 무력대를 동원해서 한 짓 중 하나가 나를 죽이는 일이었으니까.

그러나 이를 내색하지는 않았다.

"예를 들면 녹림이 말썽을 부리거나 할 때 필요하다더군."

우리 은해상단이 녹림이었냐? 이 망할 새끼야?

하지만 그런 분노는 속으로만 삭이고 걱정스러운 표정을 지으며 고개를 끄덕였다.

"후, 맞습니다. 그럴 땐 좀 막막하긴 하죠."

"물론 자네가 천류빙검을 익힌 절정의 무사라고 하더라도, 혼자서는 벅찬 일이 있을 수도 있으니 말일세."

"그렇죠."

"은해상단에 일검진천 대협이 이끄는 무력대가 있다고는 해도 규모가 큰 녹림을 상대하는 건 쉽지 않을 것이야."

그 짧은 시간에 우리 상단에 고일평 외총관이 있다는 것까지 파악하고 오셨구나.

역시 무림맹이다.

"그래서 하는 말이네. 단 한 번 무림맹의 무력대를 동원할 수 있는 권리를 주겠네."

딱 한 번이지만, 무림맹의 무력대를 움직일 수 있는 권리를 준다는 건 엄청나게 큰 것을 내놓으시는 것이다.

"그런데 무림맹의 무력대가 움직이려면, 그에 관련한 비용이 많이 들지 않습니까?"

"역시 상인이라 접근하는 방향이 다르군."

맹주님이 너털웃음을 짓더니 고개를 끄덕이셨다.

"그 비용까지 모두 우리 무림맹이 감당하지."

와우! 진짜 세게 부르시네.

공짜로 무림맹의 무력대를 부려 먹을 기회를 놓칠 수는 없다.

거기에 무력단이 아닌 무력대 아닌가?

무력대는 백 명 이상의 규모로 이루어진 곳이며, 무력단은 그보다 소규모다.

전에 한재익 소협의 부탁으로 하남에 갔을 때 마 장주가 무림맹에 보내는 투자금을 가지러 왔던 백뢰단의 경우가 스무 명 정도로 이루어진 무력단이다.

아…….

그러고 보니 그때 사구 부단주와 백뢰단의 반이 우리 손에 목숨이 날아갔지.

그걸 생각하자 기분이 좀 좋아졌다.

뭐, 무력대를 동원하게 되면 내 일거수일투족이 감시의 대상이 될 수 있겠지만…… 그렇다고 해도 이걸 거절하면 바보지.

"그렇게 말씀하시면 제가 어찌 거절하겠습니까? 알겠

습니다. 맹주님의 말씀대로 용봉비무회가 끝날 때까지 낙양에 머무르도록 하겠습니다."

"고맙네."

"그리고, 서 대협에게도 뭔가 선물이 있어야겠지."

"아닙니다. 저는 그저 주군을 따랐을 뿐입니다."

"자네야 그렇겠지만, 우리로서는 자네에게도 감사의 뜻을 표하지 않을 수가 없다네."

가벼운 이야기가 오간 끝에, 결국 서우 무사는 상당한 금전을 받기로 했다.

그때 밖에서 누군가의 목소리가 들렸다.

"맹주님, 식사 준비가 다 되었습니다."

"허허, 벌써 시간이 이리되었군. 가서 식사하도록 하세."

"배가 고프긴 하네요. 하하하."

나와 서우 무사는 맹주님을 따라 식당으로 향했다.

그곳에는 무림맹의 중진들이 자리하고 있었고, 우리는 나름 화기애애하게 식사를 했다.

식사는 상당한 진수성찬이었다.

혹시나 싶었지만, 독을 타거나 하지는 않은 듯했다.

내가 그리 의심하는 건, 무림맹은 그러고도 남을 놈들이기 때문이다.

내가 순순히 거래에 응해서 그런 암수를 쓰지 않는 것일 수도 있었다.

아니면 무림맹의 중진 중에 내가 아는 분이 계신다는

것 때문에 그런 수를 쓰지 않았을 리도 있고.

어쨌든 이 자리에 계신 제갈세가의 태상가주님과 당대 정 대주님의 덕을 본 건 사실이다.

나중에 보답해야겠네.

"아, 그런데 아까 그 두 무사는 어찌 되는 겁니까?"

내 물음에 대답한 자는 아까부터 별로 표정이 좋지 않았던 두 중진이었다.

"아, 그 녀석들 말인가?"

"그런 실수를 저질렀으니, 더 이상 비무대에 어찌 서겠나? 에잉!"

"그래서 그 두 놈 모두 탈락시켰네."

"그러셨군요."

"아, 그리고 보니 자네가 해 주어야 할 일이 있네."

맹주님이 차분히 말을 이으셨다.

"이따가 자네들을 비무대 위에 올려서 사람들에게 소개할 생각이라네. 자네 덕분에 목숨을 구한 이들이 얼마나 고맙겠는가? 그들에게 감사 인사를 할 수 있게 해 줘야 하지 않겠나."

말은 청산유수시네.

.

.

.

식사를 마치고 용봉비무회가 재개되었다.

비무가 시작되기 전 맹주님이 비무대 위에 올라가셨다.

"본맹은, 관람객 여러분께 사과의 말씀을 드립니다. 오늘 아침에 있던 일은……."

하지만 노회한 무인답게 교묘히 맹의 관리 소홀 같은 것이 아닌, 두 무인의 잘못으로 몰아가고 있었다.

"그러나 하늘은 본맹을 버리지 않으셨고, 젊은 영웅을 내려 주셨습니다. 소개하겠습니다. 은서호 대협과 서우 대협입니다."

그가 우리에게 눈짓했고, 우리는 당당히 비무대 위로 올라갔다.

"와아아아아!"

"역시 선협미랑이다!"

"선협미랑! 선협미랑!"

"백접검웅! 백접검웅!"

"……."

사람들은 나와 서우 무사의 명호를 연호하며 환호했다.

윽, 서우 무사는 원래 백접검이라 불렸으니 백접검웅이라 불리는 건 그렇다 쳐도…….

나는 왜 계속해서 선협미랑인 거지?

저 명호는 아무리 들어도 전혀 익숙해지지가 않네.

나는 속으로 쓰게 웃으며 사람들의 눈을 살폈다.

오전에 있었던 참극은 어느새 잊고, 새로 등장한 영웅을 향해 환호하는 모습을 보니 무림맹의 노림수가 딱 맞아떨어졌구나 싶었다.

그나저나 영웅이라…….

영웅이 되면 요구하는 것들이 많아진다. 그래서 영웅이
란 자리를 부담스럽게 생각하는 이들이 제법 많다.

하지만 나는 애초부터 상계의 인물.

그래서 맹주님과도 이번 용봉비무회가 끝날 때까지만
낙양에 머무르기로 거래했다.

즉, 영웅 노릇도 용봉비무회까지만이다.

그리고 솔직히 영웅이라는 이름을 통해 얻을 수 있는
게 제법 많다.

그냥 아무개 상인이 운영하는 상단.

영웅의 칭호를 받은 상인이 운영하는 상단.

둘 중 어느 상단이 더 믿음이 가는지는 물어보나 마나
다. 그리고 둘 중 어느 상단을 녹림이 피하는지도 물어보
나 마나이고.

나는 맹주님의 얼굴을 보며 웃었고, 맹주님 역시 인자
한 표정을 지었다.

맹주님께서는 '자네를 잘 이용하마.'라고 생각하시겠
지.

그러니까 나도 이렇게 대답할 거다.

맹주님께서 주신 선물꾸러미와 영웅이라는 칭호, 마르
고 닳도록 잘 써먹겠습니다.

그리고 맹주님이 주신 것들은 훗날, 무림맹과 백천상단

의 목 밑을 겨누는 날카로운 검이 될 거다.

우리는 비무대에서 인사를 하고 내려왔고, 맹주는 우리에게 옆에서 비무를 관람하라고 했다.

하지만 나는 부드럽게 돌려 거절했다.

"제안은 감사드립니다만, 부모님 곁에서 비무를 보고 싶습니다. 이번 일로 좀 걱정이 많으실 듯한데, 영웅의 칭호를 얻은 아들이 곁에 있다면 안심하고 비무를 보실 수 있으실 겁니다."

아들이 효도하겠다는데 그걸 어찌 막을 수 있을까?

그렇게 나와 서우 무사는 원래 있던 자리로 돌아와 오늘의 비무를 관람했다.

향옥 누님의 비무는 지연되기는 했지만, 그래도 다행히 오늘 치러지게 되었다.

상대방은 황보세가의 자제.

나는 황보세가의 자제를 보자마자 그 수준을 알 수 있었다.

그리고 그가 예선을 통과할 수 있었던 건 매승 덕분이라는 것도.

그런 그가 탁월한 재능을 가지고 열심히 노력한 누님을 이기는 건 애초부터 불가능한 일.

황보세가의 뛰어난 무공과 타고난 신력이 있다고는 해

도 결과는 정해져 있었다.

누님의 날카로운 검은 황보세가의 자제의 급소를 공략했고, 비무를 시작한 지 한 식경 만에 승부는 결정되었다.

"아미파의 향옥 승리!"

"와아아아아!"

"멋지다! 설검여협!"

관람객들의 환호를 받으며 향옥 누님은 당당하게 비무대에서 내려오셨다.

그 후로도 비무가 이어졌고, 그렇게 본선 둘째 날이 저물어 갔다.

그날 저녁.

나는 객잔으로 돌아오자마자 침상 위에 드러누웠다.

"으허허허, 힘들다……."

오늘 진짜 힘들긴 했다. 아니, 전날부터 힘들었다.

금창약의 재료인 어골분과 석회가루가 갑작스럽게 조기 품절되는 바람에 동분서주했고, 오늘 춘일에게 조사를 부탁한 후 비무장에서 일어난 사고를 막아 낸 후 맹주님과 줄다리기 협상을 하고…….

물론 내 체력은 사흘 밤을 새워도 끄떡없지만, 정신적인 피로와 육체적인 피로는 다른 거니까.

특히, 맹주님과의 협상은…… 참 힘들었다.

협상 내용 때문은 아니다.

그보다 더 치열하고 팽팽한 협상을 얼마나 많이 해 봤

는데, 그것 때문에 힘들겠는가?

내가 확실히 실전에 강하다는 것을 지금 다시금 깨닫고 있었다.

후, 어쨌든 오늘 잘 버텨 냈다.

벌컥─!

그때였다.

"도련님! 도련님!"

팔갑이 다급히 들어오며 외쳤다.

"화산파와 종남파의 무사가 파문당한다고 합니다요!"

"응? 그게 무슨 소리야?"

"오늘 오전에 사고 친 두 무사 말입니다요! 지금 무림맹에서 그들에 대한 파문을 결정한다고 합니다요."

아! 그러고 보니 내 이전 삶에서 두 무인은 그 사고로 인해 검을 꺾었다고 했다.

이제 알겠다.

그들은 검을 꺾은 게 아니다. 검이 꺾인 거다.

무림맹에서는 자신들의 죄를 덮기 위해서라도 두 무인에게 엄벌을 내릴 필요가 있었다.

그 엄벌이 파문이다.

기본적으로 파문을 당하면 그 단전을 폐한다. 배워 왔던 무공을 쓰지 못하도록 말이다.

파문한 자를 어떤 '정상적인' 곳에서 받아들이겠는가? 게다가 그 출신을 속인다고 해도 결국 그 무공을 쓰게 되면 출신이 드러날 수밖에 없다.

그러니 그 무공이 쓰일 곳은 흑도뿐이다.

그런 곳에 속해서 계속해서 배운 무공을 쓴다면, 원래 소속되었던 곳을 욕되게 하는 결과를 초래한다.

원래 소속되었던 곳에 대해 안 좋은 감정을 가지고 있는데 그런 것을 가리겠는가?

아무튼, 평생 무공을 익혀 온 이들에게 무공을 뺏는다는 건 그 모든 것을 뺏는 것.

그렇기에 파문이라는 것을 그토록 두려워하는 것이다.

솔직히, 그들에게 무슨 잘못이 있겠는가?

잘못이 있다면 진법을 믿고 별다른 조처를 하지 않은 무림맹의 잘못이지.

그런데 자신들의 잘못은 반성하지 않고 미래가 창창한 두 젊은이에게 책임을 전가한다니!

진짜 욕 나오게 만드네! 이 × 같은 무림맹!

나는 내 호위무사들에게 말했다.

"무림맹으로 갑시다."

"알겠습니다."

.

.

.

잠시 후, 나는 무림맹에 당도했다.

내가 누군지 알아본 무림맹은, 자리선정 때와 달리 얼른 길을 열어 주었다.

음, 이건 좋네.

곧 나는 회의가 열리는 곳에 당도했다.

오전에 사고를 쳤던 두 무사는 양손이 형틀에 고정되어 있었다.

도주하지 못하게 하려는 건가?

안에서는 중진들이 의논하는 소리가 들렸다.

"그럼 그들에 대해서 파문을 하는 것으로……."

"그게 좋겠소."

"일벌백계할 필요가 있으니 말이오."

팔갑에게 소식을 듣자마자 온 보람이 있군.

아직 늦지 않았다.

나는 마당에 무릎을 꿇었고, 크게 외쳤다.

"은해상단의 은서호가, 무림맹을 이끌어 나가는 분들에게 청이 있습니다!"

내 외침에 회의장의 문이 열렸다.

내가 나타난 것에 놀랐는지 모두 문을 열고 나왔다.

특히 맹주가 의아한 얼굴로 내게 물었다.

"이게 무슨 일인가? 청이라니? 아니, 그보다 왜 무릎을 꿇고 있는 것인가?"

"소상, 청이 하나 있습니다."

"어서 일어나게!"

"아닙니다. 제 청을 들어 주시기 전에는 일어나지 않겠습니다."

내 단호한 모습에 맹주님이 고개를 갸웃하며 물으셨다.

"대체 그 청이 무엇인가?"

"오늘 오전에, 관객들에게 큰 폐를 끼칠 뻔했던 두 무사의 신병을 저에게 넘겨주십시오."

"응?"

내 요구가 뜻밖이었던 것일까?

그들은 모두 놀란 표정으로 나를 보았다.

"솔직히 저들이 지은 죄는 웬만한 처벌로는 씻을 수 없는 중죄입니다."

"그렇지."

그렇기는 뭐가 그렇다는 거야. 이 빌어먹을 놈들아.

나는 얼굴에 비장함을 띄우며 말했다.

"소상이 생각하기로, 저들의 파문은 기정사실! 그러나 저로 인해 사람들을 해하지는 않았습니다."

나는 말을 이었다.

"또한, 아직 미숙하여 그 경쟁심을 이기지 못하고 그런 짓을 저지른 겁니다. 그런데 어찌 앞날이 창창한 이들이 파문당하는 것을 지켜만 볼 수 있겠습니까?"

"……."

"하여, 저는 그 일을 막은 당사자로서 저들이 파문당하는 것만은 막고자 이리 나선 것입니다."

나는 고개를 숙이며 말을 이었다.

"부디, 헤아려 주십시오."

"……."

그때였다.

"맹주, 솔직히 파문은 너무하다고 생각하오."

"나 역시 그리 생각하오."

"지금 제 식구를 감싸는 것이오?"

그 말에서 방금 말한 두 사람이 화산파와 종남파의 인물이라는 것을 알 수 있었다.

맹주님이 잠시 고민하더니 내게 물었다.

"그대에게 저들의 신병을 넘긴다면, 어찌할 생각인가?"

"저 둘에게 영웅의 마음을 가르칠 생각입니다. 하여 저들이 이 시련을 딛고 영웅이 된다면, 무림맹의 자비로움과 그 명성이 전 무림에 널리 퍼지는 계기가 되지 않겠습니까?"

당신들 입맛에 맞는 말을 해 줬으니까 빨리 알겠다고 해.

무릎 아프다고.

내 말에 제갈세가의 태상가주님이 고개를 끄덕이셨다.

"그거 좋은 방법이오. 영웅의 아래에 있다가 보면 당연히 영웅의 마음을 배우지 않겠소?"

제갈세가의 태상가주님은 다른 중진들을 보며 말했다.

"어찌 생각하시오?"

"……."

무당파의 장문인이 나를 보더니 옅은 미소를 지으며 말

했다.

"또한 이런 일은 앞으로도 충분히, 어느 곳에서든 일어날 수 있는 일. 이로 인해 그대들의 가문과 문파를 위한 좋은 선례를 남길 수 있지 않겠소?"

좋은 선례.

그 말에 다른 중진들 사이에서 동요가 느껴졌다.

지금 무당파의 장문인은 다른 이들을 협박한 것이다.

앞으로 당신네의 자제나 제자들에게 이런 일이 닥치지 말라는 법은 없다.

이런 선례를 남긴다면 그대들의 자제나 제자들의 단전을 폐하지 않을 수 있는 길이 열리는 거라는 뜻.

즉, 앞날을 생각하라는 압박인 거다.

"그, 그렇구려."

하나둘 고개를 끄덕이며 무당파 장문인의 말에 동의했다.

"나 역시, 저들이 영웅의 마음을 배울 수 있으니 좋은 방법이라 생각하오."

"솔직히 파문은 조금 과하다는 생각이 없지는 않았소. 험험."

그렇게 의견이 모이자, 맹주님이 최종 결정을 내렸다.

"좋소. 다들 의견이 그렇다면 은 대협의 뜻대로 저들의 신병을 넘기겠소. 은 대협은 이제 그만 일어나게나."

"정말 감사드립니다."

나는 자리에서 일어났고, 맹주는 무림맹의 호법대에 두

무사를 풀어 줄 것을 명했다.

형틀에 두 손목을 결박당한 채 매달려 있던 두 무사는 형틀에서 풀려났고, 살짝 비틀거렸다.

제법 오랫동안 매달려 있어서 그런 건가? 어째 상태가 좋아 보이지 않네.

"지금 곧바로 저들을 데리고 가겠는가?"

"그렇게 하겠습니다."

"알겠네."

맹주는 고개를 끄덕이더니, 두 무사에게 말했다.

"사실, 본 회의에서는 자네들에 대한 파문이 결정되었네. 하지만 여기 은서호 대협이 자네들을 구명하였네. 그러니 이 일을 반성하고 반성하여 은서호 대협과 같은 영웅의 마음을 품을 수 있도록 노력하도록! 알겠는가?"

잠시 멍한 표정이었던 두 무사는 퍼뜩 정신을 차렸고, 대답했다.

"명심하겠습니다."

"명심하겠습니다."

그리고 두 무사는 진산제자에서 외거제자로 강등되었고, 무림맹의 동의 없이는 진산제자로 다시 올릴 수 없도록 했다.

그렇게 일련의 조치가 마무리된 후, 나는 두 무사를 데리고 객잔으로 돌아왔다.

그제야 나는 저들의 상태를 제대로 볼 수 있었는데, 등이 피투성이였다.

상태가 좋지 않던 이유가 있었다.

단지 저들이 도주하지 못하도록 형틀에 묶어 놓았던 게 아니라, 채찍질하기 위해 묶어 놨던 거였다.

아니, 저렇게까지 하고도 모자라서 파문까지 하려고 했던 거야?

허!

저들은 완전 흑도 범죄자 취급을 당했던 거다.

나는 팔갑에게 말했다.

"저들, 방 하나 잡아서 쉬게 하고…… 외상 좀 치료해 줘."

"알겠습니다요."

그리고 나는 곧바로 아버지를 뵙고 보고를 드렸다.

"음…… 그렇게 두 무사를 구명하여 데리고 왔다는 것이냐?"

"네. 아버지."

"이유가 무엇이냐?"

아버지는 나를 보며 말씀하셨다.

"단지 불쌍하다는 이유 때문은 아닐 것 같아서 말이다."

역시 아버지시네.

"맞습니다. 제가 저들을 구명한 이유는 단순히 저들의 처지가 딱했기 때문만은 아닙니다."

그들에게 죄를 전부 돌리는 무림맹의 작태에 화가 났기는 했지만, 단순히 그런 감정 때문에 무작정 무림맹으로

간 건 아니었다.

"저들의 재능이 아까웠습니다. 젊은 나이에 이미 일류무사인 데다가 서우 무사의 말에 따르면 가까운 시일 내에 절정에 다다를 수 있어 보인다더군요. 게다가 전통의 명문인 화산과 종남의 무인들이기도 합니다. 그런 이들을 제 소속으로 만들 수 있으며 저들에게 은혜를 입히는 건데 뭘 망설이겠습니까?"

평생을 수련해도 일류무사가 되는 이들은 그리 많지 않다.

그래서 일류무사의 가치는 매우 높다.

내 호위무사들의 수준이 말도 안 되게 높은 것뿐.

아버지는 그런 나를 보며 흐뭇하게 웃으셨다.

"알겠다. 그들에 대해서는 네가 알아서 하도록 해라."

"네. 아버지."

"그나저나, 우리 아들의 경지가 그렇게 높을 줄은 몰랐구나. 이 아비와 어미의 목숨을 구해 주어서 정말 고맙구나."

"부모님을 위해 검을 휘두르는 건, 당연한 일입니다."

"너라면 그렇게 말할 줄 알았지. 그래도 고마운 건 고마운 거란다. 그리고 네 덕분에 광준상단주와 그 부인에게 면을 많이 세울 수 있었단다."

"그분들도 무사하셔서 다행입니다."

"그나저나, 어떠냐? 영웅이 된 기분이?"

아버지의 물음에 나는 미소를 지으며 답했다.

"아주 최곱니다."

그렇게 아버지와 대화를 마치고 내 방으로 돌아오자, 팔갑이 들어왔다.

"도련님, 시키신 대로 방을 하나 더 얻어서 두 무사가 머무를 수 있도록 했습니다요."

"잘했어. 그런데 외상은 좀 어때?"

내 물음에 팔갑이 눈살을 찌푸렸다.

"생각보다 심했습니다요. 그래서 강 의원님께 부탁드렸습니다요."

"그렇게 심했어?"

"보기 힘들 정도였습니다요. 그런데도 아프다는 소리 한마디 하지 않는 것을 보니 역시 명문 출신은 좀 다르구나 했습니다요."

"……."

정말 명문 출신이기에 그랬을까?

아픈 티를 내도 그걸 좋게 봐 줄 사람이 없다는 것을 알기에 아픈 티를 내지 못했던 것 같은데.

잠시 후, 나는 두 무사가 묵고 있는 방으로 향했다.

"잠시 들어가겠습니다."

"드, 들어오십시오!"

문을 열고 들어가자, 비릿한 피 냄새와 독한 약 냄새가 섞여 내 후각을 자극했다.

나는 그들의 앞에 앉았다.

"저에게 할 말 없습니까?"

내 물음에 그들 중 하나가 먼저 입을 열었다. 화산파의 무사다.

"우선, 저희로 인해 사람들이 피해를 입지 않도록 막아 주셔서 정말 감사합니다."

종남파의 무사가 말을 이었다.

"그리고 저희가 파문당하지 않도록 해 주신 것 감사드립니다. 그런데……."

그는 내 눈치를 보며 물었다.

"저희를 왜 도와주신 겁니까?"

화산파의 무사 역시 고개를 끄덕이며 물었다.

"그것도 무릎까지 꿇으면서 말입니다. 저희는 그렇게 대단한 놈들이 아닙니다."

나는 빙그레 웃었다.

"그래서, 이름이 뭡니까?"

"네?"

"제 이름은 은서호입니다. 은해상단의 셋째 소단주이자 현풍국의 국주입니다. 올해 나이는 스무 살이고 이번 십일월에 스물한 살이 됩니다."

나는 말을 이었다.

"이 정도면 제 소개는 된 것 같고, 이제 두 무사님의 자기소개를 듣고 싶습니다만?"

내 말에 그들은 아차 싶었는지, 차례대로 자기소개를 했다.

먼저 화산파의 무사가 입을 열었다.

"저는 명종이라고 불러 주시면 됩니다. 나이는 스물네 살입니다."

"저 역시 스물네 살이고, 창운이라고 불러 주시면 됩니다."

"명종 무사님과 창운 무사님이시군요."

나는 말을 이었다.

"지금 가장 궁금하신 건, 제가 왜 두 분을 구명했는지와 앞으로 어떤 삶을 살게 되실지라고 생각합니다."

내 말에 그 둘은 고개를 끄덕였다.

"제가 두 분을 구명한 이유는…… 두 분은 죄가 없기 때문입니다."

내 말이 뜻밖이었던지 그들은 눈을 크게 떴다.

"저희에게 죄가 없다니요?"

"아닙니다. 저희는…… 자칫하면 수많은 이들을 죽게 할 뻔했습니다."

"물론 결과는 그랬죠. 하지만 생각해 보십시오. 지금까지 비무를 하던 중에 검기를 쓴 게 두 분뿐이었습니까?"

"……."

물론 아니다.

"하지만 그 어떤 검기도 밖으로 튀어 나가지 않았습니다. 그건 비무장에는 진법이 설치되어 있기 때문입니다."

내 말에 그들은 놀랍다는 반응은 보이지 않았다. 그 말은 즉, 이에 대해 그들도 알고 있다는 의미다.

"그런데 유독 두 분의 검기만이 밖으로 튀어 나갔을 뿐이죠. 그렇다고 두 분의 검기가 그리 강맹한 것도 아닌데 말입니다."

"……."

"즉, 무림맹의 관리 소홀이었던 겁니다. 그런데도 무림맹은 이에 대한 죄를 모두 두 분에게 돌렸습니다. 타당하다고 보십니까?"

내 물음에 그들은 입술을 깨물었다.

저들도 지금 깨달은 거다. 아니, 진작 알고 있었을지도 모른다.

무림맹이라는 거대한 조직이 면피를 위해, 자신들을 큰 잘못을 저지른 자로 낙인을 찍었다는 것을.

"그래서 두 분을 구명한 겁니다. 잘못이 없는 이들이 억울하게 파문당하는 것을 보고 있기가 힘들어서요. 이것으로 대답이 되었습니까?"

내 물음에 그들은 고개를 끄덕였다.

내가 두 무사 앞에서 이런 말을 한 건, 저들에게서 무림맹에 대한 원망을 이끌어 내기 위해서였다.

무림맹에 대한 원망이 깊을수록, 나에 대한 충심이 깊어질 테니까.

그래야 배신하지 않을 테니까.

"그리고, 앞으로 여러분은 제 호위대의 일원이 될 것입니다."

"개인 호위대입니까?"

"그렇습니다. 현재 제 개인 호위대는 네 명입니다. 두 분이 합류하면 총 여섯 명이겠군요."

나는 말을 이었다.

"두 분에게는 월봉이 지급될 겁니다. 앞으로 삼 개월은 견습 기간이기에 본봉의 팔 할이 지급될 것이며 그 이후에는 온전한 월봉이 지급될 겁니다."

내가 말해 준 월봉을 들은 두 무사는 깜짝 놀랐다.

"저, 정말 그만큼의 월봉을 주신다는 겁니까?"

"그렇습니다. 혹시 월봉이 적습니까?"

내 물음에 그들은 고개를 저었다.

"아, 아닙니다!"

"저희는, 월봉을 받게 될 거라는 건 예상도 하지 못해서……."

"일을 하면 그에 대한 대가를 받는 건 당연한 일 아닙니까? 제 철칙 중 하나가 대가 없이 일을 시키지 않는다는 겁니다."

더군다나 일류무사를 부려 먹는 일이다.

그럼 그만큼의 대가는 줘야지.

게다가 그래야 저들의 충심도 더욱 높아질 테고 말이지.

"그 외에 자세한 건 팔갑과 이필 무사를 통해 들으시면 됩니다."

그리고 난 그들에게 서우 무사와 여웅암 무사, 그리고 이필 무사를 소개해 주었다.

진유 무사도 있지만, 혹시 모르니 호북성에 돌아간 후에 진유 무사를 소개하기로 했다.

그렇게 이야기를 마치고 나는 그들의 객실에서 나왔다.

그때 객잔 점소이가 나에게 다가와 서신을 전해 주었다.

"어떤 아이가 손님께 이 서신을 전해 달라고 했습니다."

"......?"

갑자기 서신?

아, 춘일인가.

서신을 펼쳐 보자 예상대로였다.

[지난번에 뵈었던 곳에서, 오늘 저녁 뵙겠습니다]

.

.

.

저녁이 되었다.

나는 서우 무사만을 대동하고 유미반점으로 향했고, 그곳에서 잠시 기다리고 있을 때 한 점소이가 다가왔다.

"알아냈습니다."

춘일은 단도직입적으로 말했다.

"어딥니까?"

"백천상단이었습니다."

"......네?"

"그들이 어골분과 석회가루 등을 모아들이고 있었습니다."

솔직히 꽤나 규모가 있는 조직이 범인일 거라고는 생각했다.

그런데 그 범인이 백천상단이라니…….

그렇다면 이전 삶에서도 이로 인한 이득을 백천상단이 봤다는 의미다.

그나저나 지혈에 필수적인 어골분과 석회가루를 매점매석하다니…….

백천상단답네.

"정보, 감사합니다."

"별말씀을요."

그리고 춘일은 슬그머니 사라졌다. 어, 벌써 가 버렸네. 이번에는 만두도 가지고 오지 않고.

만두 값도 미리 준비했는데.

아무튼, 백천상단에서 그리했다라…….

그렇다면 방해해 줘야지.

어떻게 그들의 일을 방해하면 좋을지 고민하며 걷고 있을 때, 나를 부르는 소리가 들렸다.

"은서호 대협."

"……?"

그 목소리에 고개를 돌려보니, 으슥한 골목 안에 한 노인이 서 있었다.

낯익은 인물, 아까 봤던 화산파의 장문인이시다.

"장문인을 뵙습니다. 여기까지는 어인 일이십니까?"

"이거 받게나."

그는 뭔가를 내밀었고 나는 그것을 받아 들었다.

뽕나무로 만든 작은 통이었다. 그리고 한약재의 냄새가 났다.

"이건 금창약 아닙니까?"

"맞네. 본문의 비방이 들어간 금창약이지."

"그런데 이걸 왜 저에게 주시는 겁니까?"

"명종이의 상처가 걱정되어서 말이네. 제법 많이 맞았으니까."

"……."

"명종이를 위해 나서 주어서 정말 고맙네. 자네가 아니었다면 내 손으로 명종이의 단전을 폐해야 했을 거네."

그리 말하는 화산파 장문인의 목소리는 뭔가 힘이 없었다.

나는 화산파 장문인을 바라보았다.

이전 삶에서 사고를 일으킨 명종 무사와 창운 무사는 검을 꺾었다고 알려졌다.

하지만 실제로는 파문당했을 가능성이 컸다.

그런데 왜 검을 꺾었다고 알려졌을까?

그 이유를 이제야 알 것 같았다.

명예를 지켜 주기 위해 그리한 것이다.

화산파 장문인도 알고 있는 거다. 이번 사고가 두 무사의 잘못이 아니었음을.

하지만 다른 무림맹의 중진들에 밀려 그런 결정을 할 수밖에 없었던 거다.

그 와중에 제자의 명예만은 지켜 주기 위해 파문당했다는 것을 비밀로 한 것이다.

아마도, 그걸 위해 이전 삶에서 뭔가를 무림맹에 양보해야 했을 거다.

장문인도 참, 힘드신 자리구나.

그나저나 화산파는 제법 힘 있는 문파다. 하지만 아까 봤던 모습은 화산파답지 않았다.

뭔가 석연치 않았다.

그런데…… 설마 종남파의 장문인도 나를 찾아오시려나?

내가 그런 생각을 하는 사이, 화산파 장문인의 말이 이어졌다.

"오늘 명종이를 구해 준 일, 잊지 않겠네. 어떤 식으로든 반드시 보답하겠네."

그 말에 나는 손을 저었다.

"그런 말씀 하지 마십시오. 저는 그저……."

"사양하지 말아 주게. 이유가 어찌 되었든, 명종이를 구해 주었다는 것이 나에게는 중요한 일이니까."

"……."

솔직히 속으로 쾌재를 부르긴 했다.

무려 화산파 장문인이 보답하겠다고 한 일이니까.

"그럼·나는 이만 가 보겠네. 다른 이들에게 내가 찾아왔음은 말하지 말고."

"명종 무사에게도 말입니까?"

그는 고개를 끄덕였다.

"명종이를 잘 부탁하네."

그리고 화산파의 장문인께서는 홀연히 나타났던 것처럼 홀연히 사라지셨다.

이게 초절정의 경지인가?

나는 뽕나무 통에 들어 있는 금창약을 옷소매 안에 넣었다.

그리고 다시 객잔으로 향했지만, 일 각도 되지 않아 또 발을 멈출 수밖에 없었다.

"은서호 대협."

나를 부르는 소리가 들렸기 때문이다. 고개를 돌린 나는 속으로 헛웃음을 지을 수밖에 없었다.

종남파의 장문인이셨으니까.

설마 했는데 진짜 찾아오셨네.

그만큼 두 무사가 각 문파에서 기대받는 인재였다는 의미겠지.

그 나이에 일류의 수준이었으니까.

아마도, 각 문파의 후기지수로 꼽히는 이들이었을 거다. 명성을 높이기 위해 용봉비무회에 출전했다가 일이 어그러져 버린 거겠지.

진산제자에서 외거제자로 격하되었지만, 그래도 파문 당하지 않았다는 것만으로도 희망은 생긴 것이니까.

"부르셨습니까?"

내 말에 그는 나에게 뭔가를 내밀었다. 또다시 약 냄새가 나는 뽕나무 통…….

두 분이 짜셨나?

문득 그런 생각이 들었지만, 이를 내색하지 않고 물었다.

"이건 금창약이 아닙니까?"

"종남파 비방의 금창약이라네."

이것도 비방의 금창약이군.

"창운이가 채찍을 맞았는데, 제법 호되게 맞아서 제대로 치료하지 않으면 흉이 남을까 걱정되어서…… 험험."

"알겠습니다. 창운 무사님께 전해 드리지요."

잠시 정적이 흘렀다.

그 정적을 깨트린 건 종남파 장문인의 감사의 말이었다.

"오늘 창운이가 파문당하지 않도록 해 주어서 정말 감사하네. 내 오늘의 일을 잊지 않겠네."

"저는 그저…….."

"그래도 나는 고마우니까. 아무튼, 오늘 내가 찾아온 건 아무에게도 밝히지 말게나. 창운이를 잘 부탁하네."

그리고 홀연히 사라지셨다.

나는 금창약을 옷소매에 넣었다.

이로써 요즘 구하기 힘들다는 금창약이, 그것도 최상급으로 두 개나 내 옷소매에 들어왔다.

"꾸이?"

그때 내 옷소매에서 금령이 꾸잇거리는 소리가 들렸다.

"야! 먹지 마! 그거 먹는 거 아니야!"

"꾸이……."

역시 금령이다. 비싼 건 기가 막히게 잘 아네.

나는 한숨을 내쉬며 하늘의 달을 보았다.

두 분이 나를 찾아왔다는 건, 두 분 모두 두 무사에게 잘못이 없음을 알고 있다는 의미겠지.

그럼에도 이런저런 사정과 시선 때문에 죄 없는 제자를 구명하지 못한 자신에 대해 자괴감을 느끼고 계신 듯했다.

아까 자세히 보지는 못했지만, 구파일방의 장문들인과 방주보다 세가의 가주들의 입김이 더 센 듯했다.

하지만 제갈세가와 사천당가는 거기서 한 걸음 물러나 있는 듯했고.

그런데 이전 삶과 이번 삶을 되돌아봤을 때 여러 문파의 세력을 약화시키는 일들이 제법 많이 일어났다는 것이 석연찮았다.

마치, 의도한 것처럼 말이지.

* * *

그 시각.

백천상단의 남궁강 상단주는 행수의 보고를 듣고 있었다.

"어골분과 석회가루가 제법 많이 모였군."

"그렇습니다. 인근의 어골분과 석회가루를 거의 다 긁어모았기 때문에, 다시 충당하는 데 족히 이 주는 걸릴 거라고 합니다."

"그거면 충분하지. 애초에 이 일은 단기에 끝내야 하는 일이니까."

"그럼 언제 풀까요?"

"내일."

남궁강 상단주가 말했다.

"내일부터 슬슬 풀어야 기일을 맞출 수 있으니까."

본선은 이차전부터 상당히 치열해지기 시작한다.

그래서 금창약이 꼭 필요해질 것이다.

피라미들은 다 빠지고 대어만이 남은 상황이다.

즉, 원래 돈이 많든 후원을 받든 돈을 넉넉하게 쓸 수 있는 이들인 거다.

게다가 아무리 비싸더라도 살 수밖에 없는 상황이다.

'이렇게 해서 한탕 해 먹는 거지.'

고객에 대한 신뢰라든지, 상인들끼리의 상도덕 같은 건 남궁강의 안중에 없었다.

그저 많은 이문을 내서 무림맹 중진들의 신뢰를 받는 것이 중요했다.

그래야 자신이 계속해서 상단주의 자리에 앉아 있을 수

있기 때문이다.

* * *

나는 객잔에 돌아왔다.

그리고 명종 무사와 창운 무사의 방으로 들어갔다.

내가 다시 찾아오자 무슨 일인가 싶어 긴장한 표정.

나는 미소를 지으며 두 무사에게 금창약을 건네주었다.

금창약 뚜껑에 새겨진 각 문파의 표식에 그들은 고개를 갸웃하며 내게 물었다.

"이건, 저희 화산파의 비방이 담긴 금창약 아닙니까?"

"이것 역시 종남파의 비방이 담긴 금창약인데…… 이건 외인에게 함부로 주어지는 게 아닙니다."

"아, 그런가요?"

나는 대수롭지 않게 대답했다.

"오다가 주웠습니다."

"네?"

두 분 모두 자신이 찾아왔음을 밝히지 말라고 하셨으니 어쩌겠는가?

그래도 누가 줬는지에 대한 실마리는 주어야겠지.

"매화가 흐드러지게 핀 거목 아래에서 그걸 주웠는데, 마침 태극 문양이 그려진 커다란 대문 앞에서도 그걸 주웠지 뭡니까?"

"……."

"그걸 흘리셨다는 건, 두 분을 버리지 않았다는 증거겠지요. 무림맹은 두 분을 버렸지만 말입니다."

내 말에 두 무사는 손에 힘을 주었다.

금창약을 잡은 손의 관절이 하얗게 된 것을 보니, 뭔가 참고 있는 거다.

그럼 이쯤에서 퇴장해야겠군.

"그럼 저는 이만 나가 보겠습니다. 좋은 밤 되십시오."

나는 방을 나섰고, 문을 닫았다.

탁.

걸어가다 보니 방에서 흐느끼는 소리가 들려왔다.

뭔가 씁쓸하네.

뒤에서 같이 걸어가던 서우 무사 역시 나와 같은 감정을 느끼는 듯했다.

"잘 돌봐 주세요."

"알겠습니다."

내 방으로 돌아가자, 팔갑이 차를 우려 내주었다.

"고마워."

나는 차를 마시며 마음을 가라앉혔다.

"요즘 어골분과 석회가루가 없어서 난리라고 합니다요."

팔갑의 말에 나는 고개를 끄덕였다.

"안 그래도 지금 춘일에게 누가 그런 짓을 했는지 듣고 오는 길이야."

"대체 누굽니까요?"

"백천상단."

내 대답에 팔갑은 두 눈을 깜박였다.

"아니, 안 그래도 돈 잘 버는 곳인데 뭣 하러 그런 일을 하는 거랍니까요?"

"욕심이 뭐 끝이 있나."

쓴웃음을 짓는 내 모습을 본 팔갑이 조심스럽게 물었다.

"그래서 어찌하실 생각이십니까요?"

"어찌하긴……."

"뭐, 당연히 가만있지 않으시겠지만 말입니다요."

"왜 그렇게 생각하는데?"

"그야, 도련님께서는 성격이 별로 좋지 않으시니까요."

"……."

윽!

갑자기 들어온 팔갑의 말에 나는 그를 노려보았다.

아니, 내가 성격이 좋지 않은 건 사실이지만 그래도 이렇게 단도직입적으로 말하면 내가 상처받잖아.

서우 무사가 팔갑에게 말했다.

"팔갑 소이, 아무리 사실을 말한다고 해도 때를 가려야 하는 겁니다."

서우 무사님…….

지금 무사님이 더 나쁜 거 아시죠?

그나저나 이 상도덕 없는 백천상단을 어찌하면 좋을까?

상단들마다 하나씩은 자기 지역에서 독과점으로 유통하는 물품이 있기 마련이다.

그러나 생명과 직결되는 것들은 독과점하지 않는 것이 일종의 상도덕이다.

그 생명과 직결되는 것 중 하나가 바로 금창약에 쓰이는 어골분과 석회가루 같은 것이다.

즉, 백천상단은 그 선을 넘은 것이다.

곰곰이 생각하던 나는 이번 백천상단의 노림수에서 한 가지 맹점을 찾아냈다.

그건 현재 다른 상단에서 팔 수 있는 어골분과 석회가루가 없기에 그 계획이 가능한 거다.

만약, 어골분과 석회가루의 재고가 있는 상단이 있다면?

놈들은 어골분과 석회가루를 필요 이상으로 사 모으느라 상당한 돈을 썼을 거다.

그런 상황에서 정상가에 어골분과 석회가루가 풀리게 된다면, 그 손해는 고스란히 백천상단이 떠안게 되겠지.

좋은데?

그때 나를 보던 팔갑이 나를 가리키며 말했다.

"저, 저, 표정! 저게 바로 도련님이 다른 이들을 골탕먹일 때의 표정입니다요!"

그 말에 나는 얼른 표정 관리를 했다.

"내가 언제?"

"……"

그리고 서우 무사에게 말했다.

"진유 무사님을 불러 주시겠습니까?"

"알겠습니다."

곧 진유 무사가 들어왔고, 나는 두 무사에게 물었다.

"경공을 최대한으로 사용하신다면 본단까지 얼마나 걸리십니까?"

내 물음에 진유 무사가 말했다.

"최고 속도로 달린다면 본단에 갔다가 내일 오전 진시(辰時:오전7~9시)까지 이 객잔으로 돌아올 수 있습니다."

"서우 무사님은요?"

"저 역시 마찬가지입니다."

"그럼……."

나는 자리에서 일어나며 말했다.

"어골분과 석회가루를 공수하러 가 봅시다."

나는 팔갑에게 야행복을 부탁했다.

나와 두 무사는 야행복으로 갈아입었고, 팔갑에게 아버지께 드릴 서신을 맡겼다.

"그럼 다녀올게."

"조심히 다녀오십시오."

나와 서우 무사, 그리고 진유 무사는 서로를 보며 고개를 끄덕였다.

그리고…… 출발했다.

* * *

용봉비무회 첫 번째 본선의 삼 일 차다.

오늘은 제갈유아 소저와 당조웅이 출전한다는 것을 아
는 이들은 이에 대해 서로 의견을 나누며 삼삼오오 비무
장으로 향했다.

"아, 그리고 보니 요즘 금창약이 품귀현상이라면서?"

"금창약의 가장 중요한 재료가 없다는데?"

"중요한 재료?"

"어골분하고 석회가루 말이야."

"아!"

"쯧쯧. 이렇게 정보가 느려서야."

"그게 무슨 뜻이냐?"

"백천상단에서 판다고 하더라고. 그 어골분이랑 석회
가루 말이야."

"그래?"

"그런데 가격이 좀 비싸긴 하더라고. 한 열 배?"

"어우, 엄청 비싸네. 그래도 어쩔 수 있나. 필요하면 사
야지."

"그렇긴 하지."

그때였다.

"응?"

그들의 시선을 잡아끄는 뭔가가 있었다. 그건 길게 줄
을 서 있는 이들이었다.

"저기는 뭐기에 저렇게 줄을 서 있냐?"

"그러게?"

그들은 고개를 갸웃했고, 그들 중 가장 호기심이 강한 사내가 줄을 서 있는 이들에게 다가가 물었다.

"형장, 잠시 말 좀 묻겠소. 여기는 지금 뭐 때문에 줄을 서 있는 겁니까?"

"아, 어골분과 석회가루를 파는 중입니다."

"그럼, 여기가 백천상단입니까?"

그 물음에 질문을 받은 이가 코웃음을 쳤다.

"백천상단? 훗! 재고가 좀 있다고 열 배나 가격을 올려 받는 상도덕 없는 곳 말이오?"

"……?"

"이곳은 은해상단이오. 어골분과 석회가루가 품귀현상을 보임에도 폭리를 취하지 않고 정상가로 판매하고 있소."

"그게 정말입니까?"

"그럼 정말이지!"

그는 두 눈을 깜박이며 물었다.

"혹시, 가짜를 판다거나?"

그 물음에 줄을 서 있던 이들이 버럭했다.

"아니! 무슨 그런 말도 안 되는 소리를!"

"지금 은해상단을 모욕하는 것이오?"

"은해상단이 얼마나 양심적인 상단인데!"

"무려 선협미랑과 백접검옹이 속해 있는 상단이라고!"

"그, 그렇죠. 하하하."

그 사내는 멋쩍게 웃으며 돌아왔고, 동료들에게 이에 대해 말했다.

"그게 정말이라고?"

"와! 역시 은해상단이구나!"

그렇게 사람들의 입에서 은해상단에 대한 칭송이 오르내리고 있을 때.

백천상단은 파리만 날리고 있었다.

"아니, 제대로 홍보하긴 한 거야?"

"물론입니다."

"그런데 왜 손님이 없어? 왜 손님이 없냐고!"

"그, 그건 저도 잘……."

금창약은 비무회의 필수품이라고 할 수 있는 것.

그렇기에 그 가격이 몇 배를 더 높여 받아도 잘 팔릴 거라고 예상했다.

처음에는 잘 팔렸다.

하지만 이상하게 시간이 지나면 지날수록 찾는 손님의 수가 줄어들었다.

그때였다.

오전에 방문했던 손님이 화가 잔뜩 나서 다시 왔다.

"이보소! 이거 환불해 주시오!"

"네? 그게 무슨 말씀입니까?"

"아니! 이걸 열 배나 높여 받다니! 생 날강도들 같으니라고!"

"무슨 말을 그렇게 하시오?"

"그럼 날강도지! 저기 은해상단은 정상가에 파는데 말이야!"

"네?"

"빨리 환불해 달라고! 이 자식들아!"

힘을 써서 쫓아내고 싶었지만, 자칫하다가는 순찰대에 불려 갈 수도 있었기에 환불해 주는 수밖에 없었다.

문제는 그렇게 환불을 요구한 이들이 한두 명이 아니라는 것이다.

얼마 후 상황을 듣고 온 남궁강이 행수들에게 물었다.

"이게 대체 어찌 된 일이야?"

"그, 그래도…… 은해상단도 어골분과 석회가루의 재고가 얼마 없을 겁니다."

"그러면 다시 우리 상단을 찾을 수밖에 없을 테고요."

그렇게 백천상단의 행수들은 남궁강의 비위를 살살 맞추었다.

그때였다.

상황을 살피러 갔던 행수가 돌아와 조심스럽게 보고했다.

"그…… 문제가 심각한 것 같습니다."

"그게 무슨 소리야? 심각하다니?"

"은해상단의 재고…… 엄청 많답니다."

"……."

"그리고 사람들이 저희 백천상단을 욕하면서 저희랑

거래 안 한답니다.”

그 말을 들은 남궁강의 눈앞이 노래졌다.

이번 일로 본 어마어마한 손해, 그리고 떨어진 상단의 위상.

무림맹의 중진들에게 어찌 설명해야 할지 막막했다.

'제, 젠장!'

63장. 얻은 것

얻은 것

　오늘 용봉비무회에서 제갈유아 소저와 조웅이는 다음
비무를 할 수 있게 되었다.

　조웅이의 경우, 정말 아슬아슬하게 이겼다.

　그런데 그걸 아슬아슬하다고 해야 하나?

　내가 볼 땐 실력으로 이겼다기보다는 운으로 이긴 것
같은데 말이지.

　조웅이의 상대였던 염씨 가문의 자제가 어이없는 실수
를 연달아 저지른 바람에 조웅이가 승기를 잡을 수 있었
으니까.

　그로 인해 염씨 가문의 가주의 얼굴이 붉으락푸르락했
었지.

　솔직히 속으로는 쌤통이었다.

　염씨 세가의 가주 때문에 파두파파 어르신의 남편 유유

검제 어르신이 주화입마에 빠졌던 거니까.

내가 준 복시령과 덕분에 주화입마에서 벗어나 화경에 오르셨지만, 염씨 세가의 잘못이 사라지는 건 아니니까.

그나저나 문주성 공자는 잘 있나?

그 객잔이 무척 유명해져서 인근에 새로운 지점을 냈다고 들었던 것 같은데.

나중에 거기도 다시 들러 봐야겠네.

나는 부모님과 같이 객잔으로 돌아왔다가 다시 임시상점으로 향했다.

음…….

은해상단의 임시상점 앞에는 사람들이 줄을 서서 자신의 차례가 오기를 기다리고 있었다.

어젯밤, 저 어골분과 석회가루를 가지고 오느라 좀 힘들었지.

나뿐만 아니라 서우 무사와 진유 무사도 고생이 좀 많았다.

하지만 우리 상단 앞에 줄을 서 있는 모습을 보니 보람이 느껴졌다.

백천상단에게 제대로 한 방 먹인 거니까.

아, 속 시원해.

내가 상점으로 다가가자, 분주하게 움직이고 있던 윤행수가 우리를 향해 달려왔다.

"오셨습니까? 소단주님."

"장사가 잘 되나 봅니다."

내 물음에 윤 행수가 아주 밝은 얼굴로 대답했다.

"네! 오전부터 계속해서 이어진 줄이 줄어들 기미가 보이지 않습니다."

금창약은 조금씩 써서는 효과를 보지 못한다. 팍팍 뿌려야 지혈이 되는 거다.

그러다 보니 사람들은 저렴한 것을 찾았고, 그래서 의원에게 사기보다는 직접 만들어 사용했다.

금창약을 만드는 방법은 그리 어렵지도 않았다.

어골분이나 석회가루에 몇 가지 약재 가루를 넣고 섞어서 뽕나무 통에 담으면 끝이다.

어골분이 아무래도 효과가 좋은 만큼 조금 더 비쌌고, 상대적으로 석회가루가 가격이 싼 만큼 효과가 조금 떨어졌다.

어골분과 석회가루를 섞어 쓰는 경우도 있고.

사실, 용봉비무회에 출전한 이들만 금창약의 재료를 사는 것이 아니다.

용봉비무회 때 얻을 이익을 노리고 수많은 상인들이 용봉비무회를 기다리지만, 상인들 못지않게 용봉비무회에 출전하지 않는 무사들도 용봉비무회를 기다렸다.

용봉비무회 때 여는 임시상점에서는 평소 필요했던 질 좋은 물건들을 평소보다 더 저렴하게 살 수 있기 때문이다. 그중에는 금창약이나 내상약도 있었다.

그래서 지금 줄을 선 이들의 상당수가 그 무사들이다.

원래는 용봉비무회 막판에 좀 가격이 저렴해졌을 때 사

려고 기다렸겠지.

팔고 남은 것을 가지고 돌아가는 것보다는 가격을 좀 덜 받더라도 다 팔아 버리는 것이 상인들에게도 이득이기 때문이다.

그래서 시간 여유가 있거나 경험이 있는 이들은 용봉비무회 막바지까지 기다렸다가 구입한다.

그런데 이번에 갑자기 어골분과 석회가루가 품절되어, 열 배 넘는 가격을 주고 사야 하는 상황이 됐다.

그런 상황에서 우리 은해상단이 기존 가격으로 받으니 이 기회를 놓칠 수 없는 거다.

원래 우리 은해상단도 지금쯤 조금 더 저렴한 가격으로 판다.

하지만 백천상단 덕분에 기존 가격으로 팔아도 줄을 서서 사 가니 고마울 지경이다.

"재고는 얼마나 남았습니까?"

"아직 이틀 정도는 더 여유가 있습니다."

"그렇군요."

그럼 내일쯤 다시 본단에 다녀와야 한다는 거구나.

"계속 수고해 주세요."

"여부가 있겠습니까?"

나는 윤 행수와 일꾼들을 격려한 후 객잔으로 돌아왔다.

그리고 저녁을 먹은 후 팔갑이 우려 준 차를 마셨다.

"아! 맛있다! 요즘 왜 이렇게 차 우리는 솜씨가 좋아진 거야?"

내 물음에 팔갑이 대답했다.

"도련님이 워낙 차 맛에 까다로우시지 않습니까요?"

"내가 까다롭기는 뭐가 까다로워."

라고 말했지만, 뭔가 양심이 살짝 찔려왔다.

크흠!

"아무튼, 그래서 서책을 찾아보거나, 다루에서 알아보거나 하는 식으로 공부하고 있습니다요."

"뭔가 고맙네."

"그러면 월봉 좀 올려 주시든지요."

"올려 줘야지. 그럼!"

내 말에 팔갑이 살짝 당황한 표정을 지었다.

"지, 진짜 올려 주시는 겁니까요?"

"나는 그런 거로 거짓말 안 해."

"그게…… 농담이었는데 진짜 월봉을 올려 주신다고 해서 당황했습니다요."

팔갑이 멋쩍은 표정으로 말했고, 나는 차를 마시며 말을 이었다.

"나를 보필한 지 제법 되었잖아. 그럼 올려 줄 때도 됐지. 뭐."

"꾸이! 꾸잇!"

그때 내 옷소매에서 금령이 꾸잇거렸다.

어, 너는 아니야.

안 그래도 은자를 엄청 먹는다고, 너.

이번에 팔갑뿐만 아니라 네 명의 호위들도 월봉을 올려 줄 생각이다.

나는 차 맛을 음미하며 잠시 생각을 정리했다.

아마 백천상단은 열흘에서 보름 정도 약을 비싸게 팔고 입을 다물려고 했을 거다.

용봉비무회 본선에 출전하는, 재정적으로 넉넉하고 금 창약이 급한 이들을 노린 거겠지.

그들이라면 열 배의 가격에 팔아도 살 수밖에 없으니까.

그런데 그거 아나 몰라?

장기적으로 보면, 본선에 진출한 무사들과는 좋은 관계를 유지하는 게 좋을 텐데.

뭐, 백천상단 입장에서는 그들과 좋은 관계를 유지할 필요가 없으려나.

어차피 무림맹의 자본으로 움직이는 상단이니까.

잠깐, 무림맹의 자본으로 움직이는…….

아!

사실 나는 이번 일에 대해 살짝 이해가 가지 않는 것이 있긴 했다.

왜 백천상단이 다른 상단을 내세우지 않고 직접 이런 일을 꾸몄을까 하는 거다.

평소에는 잘만 다른 상단을 내세우면서 말이지.

그 이유를, 방금 든 생각에서 실마리를 얻었다.

백천상단의 상단주는 무림맹의 중진들에 의해서 결정

되는 자리다.

즉, 남궁강 상단주는 언제고 잘릴 수 있다는 거다.

이렇게 일을 벌일 정도라면 아마 무림맹의 중진들 사이에서 남궁강 상단주를 갈아치우자는 의견이 나오거나 한 것일 터.

그런 상황에서 남궁강 상단주가 자리를 보전하려면 본인이 '많은 이득'을 가져다줄 인물이라는 증명이 필요했다.

이번 일은 확실하게 '많은 이득'을 거둘 수 있는 일이었고, 다른 이들에게 비난받거나 할 위험도 적다.

어골분과 석회가루를 근시일 내에 구하기 힘든 상황에서 열 배의 가격을 내고서라도 구할 수 있다는 사실이 감지덕지할 테니까.

실제로, 이전 삶에서는 그랬지.

그렇기에 남궁강 상단주는 자신의 공적을 내세우기 위해서 다른 상단을 세우지 않고 직접 이번 일을 꾸민 거다.

잠깐……. 그러고 보니 위험하겠는데?

백천상단은 지금 엄청난 손해를 입게 된 상황이다.

그리고 그들이 이를 타개하기 가장 쉬운 방법은 자신들 외에 다른 선택지를 없애는 것이다.

즉, 우리 은해상단이 판매하는 어골분과 석회가루를 없애기 위해 움직일 가능성이 아주 높았다.

그때였다.

"저, 드릴 말씀이 있습니다."

"들어가도 되겠습니까?"

밖에서 명종 무사와 창운 무사의 목소리가 들렸다.

무슨 일이지?

"들어오세요."

내 대답에 문이 열리고 두 무사가 모습을 드러냈다.

내 앞에 선 둘에게서 명문 정파 무인의 올곧은 기세가 느껴졌다.

"무슨 일이십니까?"

내 물음에 먼저 입을 연 쪽은 명종 무사.

"저희는 대협…… 아니, 주군의 호위무사입니다."

"그렇죠."

"그렇다면 제 몫을 해야 한다고 생각합니다."

그는 말을 이었다.

"창운과 대화를 나누었습니다. 저희가 받을 월봉에 맞는 일을 해야 한다고 봅니다."

창운 무사가 고개를 끄덕였다.

"오늘부터라도 주군의 곁에서 호위를 할 수 있게 해 주십시오."

그 눈빛은 진중했다.

홧김에 내뱉는 말이 아니었다.

화산파와 종남파의 장문인들이 금창약을 통해 보여 준 진심 덕분인가?

죽어 있던 눈이 다시 살아나 있었다.

"아직 상처가 다 낫지 않았을 텐데요?"

내 물음에 명종 무사가 대답했다.

"괜찮습니다. 그 정도 상처쯤은 가볍습니다."

"그리고 금창약의 효과가 제법 좋아서 활동하는 데 문제없습니다."

나는 그들의 고집스러운 입매를 보았다.

하긴 저 정도 뚝심과 인내가 있으니 서른이 되기 전에 일류 무사가 된 거겠지.

마침 잘됐네.

"좋습니다! 그럼 임무를 드리겠습니다."

"충심을 다하겠습니다."

"반드시 완수하겠습니다."

나는 팔갑에게 여응암 무사와 이필 무사를 불러오도록 했다.

그들이 내 방에 들어왔고, 나는 상황을 설명했다.

"과연…… 그렇다면 저희 상단이 보유하고 있는 어골 분과 석회가루가 위험할 가능성이 높겠군요."

여응암 무사의 말에 나는 고개를 끄덕였다.

"백천상단뿐만 아니라 다른 곳에서도 노릴지도 모릅니다."

나는 그들에게 말했다.

"우선 조를 나누겠습니다. 여응암 무사님과 명종 무사님이 한 조, 그리고 이필 무사님과 창운 무사님이 한 조를 이루어 지켜 주시면 좋을 듯합니다."

.
.
.

그날 밤.

나는 한 건물 지붕 위에 있었다.

정확하게 말하면 은해상단의 물품이 보관된 건물이 잘 보이는 지붕이다.

그 많은 상품을 임시상점에 쌓아 놓을 수는 없는 일.

하여 따로 장소를 빌려서 물품을 보관한다.

당연히 은풍대의 무사들이 경비를 선다. 하지만 상대는 백천상단과 남궁강 상단주다.

그래서 내 호위무사들을 조를 짜서 보낸 거다.

그들이라면 꽤 믿을 만하니까.

─ 그런데 여기는 왜 오신 겁니까? 혹시 두 무사를 믿지 못하시는 겁니까?

서우 무사의 전음에 나는 고개를 저었다.

─ 그건 아닙니다. 그저, 명종 무사님이 어찌 움직이는지 궁금했을 뿐입니다.

─ 솔직히 저도 궁금하긴 합니다.

현재 나는 서우 무사와 함께 있었다. 그리고 진유 무사는 조금 떨어져서 숨어 있었다.

내 예상으로는 지금쯤 올 것 같은데?

나는 이내 씩 웃을 수밖에 없었다.

저쪽에서 한 무리의 무사들이 모습을 드러냈으니까.

역시 내 감은 아직 죽지 않았군.

그리고 그들의 손에는 활활 타오르는 횃불이 들려 있었다.

다른 손에 들린 것은 틀림없이 기름이 들어 있는 호리병이다.

그런데 저들은 알까?

불을 지른다는 것 역시 내 예상 안에 있다는 것을.

야행복을 입은 습격자들은 빠르게 다가와 호리병을 던지고 횃불을 던졌다.

이를 여응암 무사와 명종 무사가 알아차리지 못했을 리 없다.

"적습입니다!"

"삼 번 상황입니다!"

여응암 무사의 외침에 은풍대 무사 중 반은 무기를 들었고, 나머지 반은 재빨리 횃불이 떨어진 자리에 물을 뿌렸다.

치익─!

치이익─!

곧바로 물을 뿌렸기에 대부분의 불이 꺼졌지만, 기름으로 인해 꺼지지 않는 곳도 있었다.

하지만 그곳에도 모래가 뿌려지면서 금세 꺼졌다.

그렇게 은풍대의 무사들이 일사불란하게 움직이는 사이, 여응암 무사와 명종 무사는 밖으로 튀어 나갔다.

그리고 습격한 이들을 향해 검을 휘둘렀다.

챙-!

채챙-!

곧 냉병기 부딪치는 소리가 요란하게 들렸다.

나는 그 모습을 보고는 금세 알아챘다.

실전을 많이 치른 여응암 무사와 달리 명종 무사는 실전에 그다지 능하지 못하다는 것을.

내가 말하는 실전은 비무와 같은 얌전한 싸움이 아니라, 칼날 위에서의 생사결을 의미했다.

하긴 일류무사라고 해도 명문 정파의 일원이었으니, 그런 실전을 많이 겪지는 않았겠지.

그래도 검에 망설임이 없는 것을 보니, 그 검으로 누군가를 벤 적은 있는 듯했다.

하지만 아직 갈 길이 머네.

그들의 명줄을 늘이기 위해서라도 뭔가 대비가 필요했다. 녹림과 같은 흑도와의 전투는 온갖 비열한 수가 횡행했고 상단이 주로 상대하는 이들은 흑도였으니까.

그럼에도 그 실력은 확실히 뛰어났기에 습격자들이 하나둘 쓰러졌고, 도망자들이 생기기 시작했다.

그들을 담당할 자들은 따로 있다.

- 진유 무사님.

- 알겠습니다.

이제 슬슬 내가 나설 때가 되었다.

명종 무사에게 실전훈련이 필요하다는 것을 말하기 위해서라도 내가 지켜보고 있었음을 밝힐 필요가 있었으니까.

나는 몸을 날려 도주하는 습격자의 뒷목을 검집으로 후려쳤다.

털썩.

서우 무사도 나와 같이 도망치는 놈들을 제압했고, 그렇게 순식간에 상황이 정리되었다.

"어? 주군…… 언제 오셨습니까?"

명종의 물음에 여응암 무사가 웃으며 말했다.

"이렇게 여유 있게 계신다는 건 저희가 이곳에 왔을 때부터 계셨다는 거죠. 솔직히 주군께서 계실 거라는 건 이미 예상하고 있었습니다."

"맞습니다. 아까부터 저 지붕 위에 있었습니다."

"역시! 제 예상이 맞았군요. 신입을 보내 놓고 마음 놓고 계실 리 없으니까요."

그리고 명종 무사에게 말했다.

"이렇게, 우리 주군이 참 마음이 좋으신 분이지."

이에 명종 무사가 고개를 끄덕였다.

"저를 구명해 주셨을 때부터 알고 있었습니다. 저희를 위해서 무릎까지 꿇으셨으니까요."

나는 멋쩍게 웃으며 기절해 있는 습격자들을 가리켰다.

"그럼, 저자들에게 배후가 누군지 들어 보죠."

* * *

오늘은 일 차 본선의 마지막 날이다. 오늘까지의 비무

결과 쉰네 명이 이 차 본선에 진출했다.

당수빈 소저는 오늘 비무를 했고, 쉰네 명 중의 하나가 되었다.

나는 부모님과 함께 객잔으로 향했다.

가는 곳마다 나를 알아본 이들로 인해 이목이 집중되었다.

솔직히 부담스럽기는 했지만, 이 역시 우리 은해상단에 대한 홍보가 되기에 감내하는 중이다.

그때 내 귀를 잡아끄는 목소리가 들렸다.

"그거 들었나? 이번에 백천상단이 은해상단의 물품을 쌓아 놓은 건물에 불을 지르려 했다는데?"

"백천상단이? 아니, 왜?"

"듣기로는 은해상단이 기존과 같은 가격으로 금창약 재료를 파는 바람에 백천상단이 손해를 봐서 그렇다는데?"

"손해? 무슨 개뼈다귀 같은 소리야?"

"아니! 은해상단은 기존 가격에 파는데, 열 배나 더 비싸게 파는 백천상단에서 사는 놈이 바보지!"

"암! 그렇지!"

"무슨 금가루를 섞은 것도 아니고."

"솔직히 나는 이번에 백천상단에 실망했네!"

"나도 마찬가지일세. 이제 백천상단 대신 다른 상단의 물건을 사려고. 이왕이면 은해상단의 물건을 사려고 하네."

그 대화에 나는 웃음이 나오려는 것을 참느라 혼났다.

어젯밤 우리 상단이 물건을 쌓아 놓은 곳을 습격한 이들을 잡았고, 그들에게 배후가 누군지 물었다.

하지만 그들은 모른다고 했다.

검은 죽립을 쓴 정체불명의 남자로부터 거액의 선금을 받았고, 고향으로 돌아갈 여비를 마련하기 위해 이번 일을 행했을 뿐이라고.

"끄아아악! 끄읍! 자, 잠시만요! 헉! 기, 기억나는 게 있습니다! 그, 그러니까, 저희에게 이번 일을 의뢰한 자의 목깃 부분에 십자(十)자 모양의 상처가 있었습니다! 그리고 사천 쪽 사투리를 썼습니다!"

그 말에 나는 누가 범인인지 알 것 같았다.

남궁강 상단주의 심복 중 하나였다.

그리고 내가 죽을 때, 남궁강 상단주와 함께 있던 인물이기도 했다.

즉, 그자 역시 내 복수 대상 중 하나다.

아무튼, 나는 절대 당하고만 있는 성격이 아니다. 그래서 춘일과 근성에게 한 가지 일을 의뢰했다.

바로, 소문을 내는 일이다.

은해상단에서 금창약의 재료를 기존 가격에 파는 바람에 백천상단이 앙심을 품고 창고를 습격하여 금창약 재료를 태워 버리려 했다는 소문을 내라고 했다.

그걸 통해 두 가지 효과를 볼 수 있었다.

하나는, 백천상단에 대한 사람들의 평판을 끌어내릴 수 있다는 것.

다른 하나는, 남궁강 상단주에게 심복에 대한 의심을 심어 주는 것.

즉, 백천상단에 대한 평판을 안 좋게 만들어서 남궁강 상단주의 입지를 약화시키는 거다.

그렇게 되면 그는 조급해지게 될 거고, 심복에 대한 의심이 커질 터, 결국은 심복을 제거하게 될 거다.

이것이 바로 차도살인이라는 거지. 후후후.

사람들의 말을 들으니, 내가 원하는 그림이 그려지는 것 같았다.

내가 좋아하는 방법은 아니었지만, 어쩔 수 없다.

솔직히 이번 일을 자초한 건 백천상단 쪽이니까.

그들이 어골분과 석회가루를 매점매석하려고 하지 않았다면 나 역시 이런 방법을 쓰지는 않았을 거다.

그래서 나도 오늘 저녁에 또다시 호북성의 은해상단 본단까지 다녀와야 한다.

어골분과 석회가루를 보충해야 했으니까.

지난 삶에서는 진호 형이 어골분과 석회가루를 보충하느라 힘들었다는데⋯⋯.

이번에는 내가 죽어나네. 에효.

．

．

날이 밝았다.

밤새 전력으로 경공을 써서 본단에 다녀오느라 겨우 반시진 정도 눈을 붙였을 뿐이다.

생각하니 짜증 나네.

백천상단이 뻘짓만 안 했어도 나와 두 무사가 이렇게 개고생 할 일도 없었을 텐데 말이지.

물론 그 덕에 많은 돈을 벌고 있었고, 평판도 좋아지긴 했다.

그래도 뭔가 짜증 나는 건 어쩔 수 없었다.

일 층으로 내려가자, 이미 준비를 마친 부모님께서 나를 기다리고 계셨다.

사정을 아시기에 두 분의 얼굴에는 나에 대한 걱정이 가득했다.

"피곤할 텐데, 그냥 좀 쉬지 그러니?"

"아닙니다. 용봉비무회에서 탄생할 후기지수들을 알아 두는 건 중요한 일 아닙니까?"

"그렇기는 하다만……."

"저는 괜찮으니 걱정하지 않으셔도 됩니다. 정 힘들면 중간에 돌아오겠습니다."

내가 그리 말하자 부모님께서는 마지못해 고개를 끄덕이셨다.

내가 이렇게 부득불 용봉비무회를 관람하러 가는 건 방금 말한 이유도 있었지만, 내가 응원하지 않으면 토라질

이들이 좀 있어서 말이지.

오늘과 내일 본선 이 차전의 비무가 펼쳐진다.

이제 용봉비무회도 절정을 향해 가고 있는 거다.

이 차전까지 끝나면 스물여덟 명이 남을 테고, 그들은 새로운 후기지수로서 이름을 알리게 되겠지.

본선에만 진출해도 그 자체로 높이 쳐 주긴 하지만, 본선 삼 차전까지 진출한 이들을 진짜 후기지수로 쳐주는 경향이 있었다.

곧 우리는 비무장에 도착했다.

잠시 기다리자, 진행자가 비무대 위에 섰다.

"드디어 본선 이 차전의 날이 밝았습니다. 우선 본선 이 차전에 진출한 영웅들을 소개합니다."

진행자의 말에 쉰네 명의 진출자들이 비무대 위에 올라왔다.

그들 중에는 향옥 누님과 제갈유아 소저, 그리고 당수빈 소저와 조웅이도 있었다.

"와아아아!"

"멋지다!"

사람들은 박수와 환호로 그들을 축하해 주었다.

"오늘부터 내일까지 이어지는 이 차전 비무를 통해 스물여덟 명이 삼 차전에 진출합니다. 그럼 내려오면서 한 명씩 번호 패를 뽑아 주십시오."

용봉비무회는 특이하게도 본선 일 차전뿐만 아니라 여덟 명이 맞붙는 오 차전까지 모두 대진표를 뽑았다.

본선 이 차전에 진출한 이들은 비무대 위에서 내려오면서 번호표를 뽑았다.

그리고…… 나는 고개를 절레절레 저었다.

조웅이 녀석, 대체 얼마나 운이 좋은 거야?

원래는 이 차전 비무를 통해 스물일곱 명이 선발되지만, 그렇게 되면 짝이 맞지 않는다.

그래서 부전승이 나올 수밖에 없기에 지금 뽑은 번호패를 통해 이 차전의 부전승이 결정된다.

그리고 방금 조웅이가 뽑은 패가 바로 부전승 자리의 패였다.

즉, 조웅이와 다른 한 명은 서로 겨루지 않고 삼 차전에 진출하게 된 거다.

부러운 자식.

아, 그러면 조웅이의 상대도 운이 좋은 거구나.

그래서 용봉비무회는 위로 갈수록 뽑기 운이 중요해지는 것이다.

한 명만 부전승으로 올리는 게 보통이었지만, 백팔 명이라는 숫자의 특성상 두 명을 부전승으로 올리는 방식을 택했다고 한다.

"대진표가 결정되었습니다! 그럼 지금부터 본선 이 차전 비무를 시작하겠습니다."

.

.

.

오늘 비무를 통해 향옥 누님과 제갈유아 소저가 본선 삼 차전에 진출했다.

그 둘은 내 예상보다 훨씬 실력이 뛰어났다.

특히 제갈유아 소저의 실력에는 놀라움을 금할 수 없었다.

이전 삶에서 무소옥녀라 불리었던 그녀가 수 싸움에 능하다는 것은 알고 있었지만, 직접 본 적은 없었다.

하지만 직접 그녀의 수 싸움을 보니, 당시의 명성은 축소된 감이 없잖아 있었다.

역시 신기제갈인가?

지금 이 정도라면 향후 얼마나 대단해질지…….

새삼, 제갈유아 소저와 친하게 지내서 다행이라는 생각이 들었다.

그렇게 객잔으로 돌아가고 있는데, 문득 방금 나를 스쳐 지나간 사람에게서 뭔가 익숙함이 느껴졌다.

뭐지?

나는 고개를 돌려 나를 스쳐 지나간 남자를 바라보았다. 묘하게 그 걸음걸이가 어딘가 익숙했다.

가벼우면서도 바람을 타는 듯한 그 발걸음은…….

어?

무흔보법을 익힌 이에게서 보이는 특징이다.

그리고 발걸음에 그런 특징이 보일 정도의 경지의 무인은 내가 알기로 한 분뿐이다.

"아버지, 잠시 할 일이 생각났습니다. 먼저 객잔으로

가셔서 식사하세요."

그렇게 아버지에게 양해를 구하고는 서우 무사에게 말했다.

"서우 무사만 저를 따르세요."

"알겠습니다."

그렇게 나는 서우 무사와 함께 그 남자를 쫓았다.

그 남자는 복잡한 골목을 이리저리 걸었고, 인적 드문 곳에서 걸음을 멈췄다.

"이것 참, 이렇게 들킬 줄은 몰랐습니다."

역시 내 생각대로 사부님이셨다.

"제자, 사부님을 뵙습니다."

"오랜만에 뵙습니다. 그동안 영웅이 되셨더군요. 그리고 관람객들을 구한 그 움직임 역시 놀라웠습니다."

"부끄럽습니다."

나는 목덜미를 긁적였다.

"저는 그저, 부모님과 주변 사람들을 위해 움직였을 뿐인데 말입니다."

나는 말을 이었다.

"그리고, 사부님께 죄송하게 되었습니다. 맹주님께서 제 무공의 연유를 물으셔서…… 사부님과의 인연에 대해 밝히게 되었습니다."

"저번에 의논한 대로 말입니까?"

"네. 그대로 말했습니다."

내 대답에 사부님께서는 미소 지으셨다.

"잘하셨습니다. 그리고 제 제자가 영웅이라니…… 사부로서 뿌듯합니다."

"사실, 몇 가지를 대가로 받는 영웅입니다. 그러니 진정한 의미의 영웅은 아닙니다."

나는 사부님께 진실을 밝혔다.

무엇을 받기로 했는지는 말씀드리지 않았지만, 그것만으로도 설명은 충분했다.

"소단주께서는 대가가 있는 영웅이라고 하셨지만, 사실 영웅을 만드는 건 하늘입니다. 그리고 사람들에게 보이는 건 그저 영웅이라는 것뿐입니다."

사부님께서는 빙긋 웃으셨다.

"그래서 영웅이 되신 기분이 어떠십니까?"

그 물음에 나는 아버지께 했던 대답을 똑같이 했다.

"최곱니다."

내 대답에 사부님께서는 웃으셨다.

"그나저나 완벽하게 위장했다고 생각했는데, 어찌 아셨습니까?"

사부님의 말씀대로 지금 사부님의 모습은 내가 아는 모습과는 완전히 딴판이었다.

인피면구를 쓴 것도 아닌 듯한데 말이다.

"사실, 사부님을 스쳐 지나갈 때까지만 해도 몰랐습니다. 하지만 뭔가 익숙함이 느껴졌습니다."

나는 말을 이었다.

"그래서 뒤돌아보니 그 걸음걸이가 낯이 익어서 무작

정 따라왔습니다."

"걸음걸이가 말입니까?"

"무흔보법을 익힌 자에게서 보이는 가벼운, 바람을 타는 듯한 걸음걸이 말입니다."

"아……."

사부님께서 가벼운 탄성을 터뜨렸다.

"그건 미처 깨닫지 못했습니다."

"그런데 사부님의 얼굴이 많이 달라 보이는데, 무슨 수를 쓰신 겁니까?"

내 물음에 사부님이 자신의 얼굴을 매만지며 말씀하셨다.

"이건, 변용술입니다. 내공으로 얼굴을 변형시키는 술법이지요."

뭔가 여러모로 써먹을 데가 많아 보이는 술법이었다.

"하지만, 절정 정도의 수준으로는 그저 얼굴의 한 부분 정도만 변형시킬 수 있을 뿐입니다. 제대로 써먹으려면 초절정 이상은 되어야 합니다."

"조건이 많이 까다로운 술법이군요."

"그래서 거의 사장된 술법이지요. 하지만 제 친우에게 배워 둔 덕분에 잘 써먹고 있습니다."

"친우분이라면? 그 양양무관의 염진연 관주님을 말씀하시는 건가요?"

"아닙니다. 다른 녀석입니다."

사부님께서는 변용술에 대한 내 욕심을 읽으셨는지, 부

드럽게 말씀하셨다.

"소단주님께 제가 익힌 변용술을 알려 드리고 싶지만, 그 친우에게 허락을 받는 것이 예의이기에 미리 전수하기는 좀 곤란할 듯합니다."

"이 제자가 사부님을 곤란하게 만들었군요. 송구합니다. 사정이 그렇다면 욕심내지 않겠습니다."

"사정을 헤아려 주셔서 감사합니다."

아!

그러고 보니 사부님을 만나면 묻고 싶은 것이 있었다.

"사부님, 묻고 싶은 게 있습니다."

"말씀하십시오."

"사실 제가 이번 비무회 본선이 시작될 때 이상한 경험을 했습니다. 뭔가 있어서는 안 될 것을 본 것 같은 꺼림칙한 기분이 드는 기운이 느껴졌습니다."

나는 사부님께 내가 느꼈던 그 일을 설명해 드렸고, 사부님의 얼굴은 점점 심각해졌다.

사부님은 잠시 눈을 감고 고민하다가 입을 열었다.

"사실 제가 본선이 시작할 때는 사정이 있어서 관람하지 못했습니다."

"그러셨군요."

"솔직히 소단주님께서 느꼈던 그것에 대해서는 저도 잘은 모릅니다만, 전에 아버지에게 들은 기억이 살짝 납니다. 뭔가 좋지 않은 거라고 하셨지요."

그리 말씀하시는 사부님의 얼굴에서는 이에 대한 회한

이 느껴지셨다.

"혹시 마교도의 기운은 아닌가요?"

"아닙니다."

사부님은 고개를 저으셨다.

"천마신교도를 접했을 때 느끼는 건 그것과 다릅니다."

"……."

"참으로 안타깝습니다. 이에 대한 것이 적혀진 서책이
남아 있었다면 좋았을 것을 말입니다."

설풍궁이 멸문당할 때 서책들도 모두 타 버렸다고 했으
니까.

그런데 문득 의아한 생각이 들었다.

보통 한 문파를 멸문시킬 때, 그 무공서 같은 것들을
태우는 자들은 습격한 자들이 아니라 습격당한 문파다.

자신들의 무공이 습격자들에게 넘어가지 않게 하기 위
해서.

하지만 서책은 생각보다 잘 타지 않기도 하고, 습격당
한 상태에서 이를 불태우는 것도 쉽지 않다.

그런데 서책들이 모두 불타 있었다는 건, 습격한 자들
이 서책을 불태웠다는 방증이다.

즉, 그 서책들을 태워야 하는 이유가 습격자들에게 있
었다는 거다.

설풍궁을 멸문시킨 자들의 목적이 무공서라든지 이런
저런 자료가 적힌 서책들 때문인가?

음, 그건 아닐 것 같다.

그 서책들을 없애고자 설풍궁을 철저히 멸문시키는 건 너무 무리수니까.

그렇다면…… 설풍궁의 무공 자체가 목적이었나?

그래서 무공서는 물론이고 무공을 익힌 자들까지 모조리 죽인 건가?

"무슨 생각을 하십니까?"

사부님의 물음에 나는 얼른 고개를 저었다.

"아무것도 아닙니다."

하지만 그 생각은 쉽사리 뇌리에서 사라지지 않았다.

.

.

.

사부님과 대화를 마친 내가 포권하며 고개를 숙였다가 다시 들었을 때 사부님께서는 내 시야에서 사라지신 후였다.

나는 서우 무사에게 물었다.

"가셨습니까?"

"네."

서우 무사는 고개를 끄덕이며 말했다.

"제 사견이긴 합니다만, 저 정도로 대단한 분이 일개 표두로 지내셔야 하는 상황이 안타깝습니다. 영웅은 제가 아니라 저분이 되셔야 하는데 말입니다."

"동감입니다."

.

．
．

시간이 흘렀고, 용봉비무회 본선 사 차전의 날이 되었
다.

열네 명이 남은 본선 사 차전 대진표에는 제갈유아 소
저, 그리고 당수빈 소저가 이름을 올렸다.

이 차전에서 부전승으로 삼 차전에 올라간 당조웅은 예
상대로 탈락했다.

그리고 향옥 누님 역시 탈락했다.

사실 향옥 누님의 탈락은 예상하고 있었다. 내 이전 삶
에서도 향옥 누님은 용봉비무회에 처음 출전했을 때 삼
차전에서 탈락하셨으니까.

다음에 출전하셨을 땐 그보다 더 위로 올라가셨지만.
이번에 정말 아깝게 탈락하신 만큼 무척 분해하셨다.

나는 대진표를 보았다.

이번 사 차전의 출전자는 열네 명이므로, 승자는 일곱
명.

그 말은 즉, 짝이 맞지 않는다는 의미였기에 이번에도
부전승의 행운을 얻은 자들이 있었다.

사실, 당수빈 소저가 부전승의 행운을 얻었다. 하지만
그녀는 "부전승을 거부하겠습니다!"라고 선언해 버렸다.

용봉비무회에는 부전승을 거부할 수 있는 규칙이 있었
다.

명예를 중요시하는 무림맹의 기풍 때문에 생긴 규칙이

었다.

그렇게 당수빈 소저의 선언으로 인해 다른 이들이 부전승의 행운을 얻게 되었다. 그리고 뒷말이 나올 가능성도 원천차단했고.

사천당가의 자제들이 연달아 부전승의 기회를 얻은 상황은 충분히 조작을 의심할 수 있는 상황이었으니까.

단순히 정정당당히 겨루기 위해서 부전승을 거부했는지, 아니면 뒷말이 나올 가능성을 배제하기 위해 그리했는지는 알 수 없었다.

그러나 부전승 패를 뽑았을 때 살짝 고민했던 것을 보면 후자의 가능성이 높았다.

당수빈 소저는 총명했으니까.

"지금부터 본선 사 차전을 시작하겠습니다! 첫 번째 순서는……."

첫 순서는 제갈유아 소저와 진주언가의 소협이었다.

진주언가는 권법으로 유명한 가문.

동시에 강시술에도 조예가 깊은 곳으로, 신체에 강시술을 적용하여 주먹이라든지 다리 등을 단단하게 만들었다.

그로 인해 단단해진 신체는 거의 강철과 같았기에 스치기만 해도 위험했다.

제갈유아 소저의 상대가 그런 방식으로 연승을 이어 온 자였다.

그리고 제갈유아 소저는 수싸움에 능했고.

과연 누가 이길지 궁금했다.

그때 비무대 위에 올라온 제갈유아 소저는 내가 있는 곳을 정확하게 보더니 이내 씨익 웃었다.

자신만만한 표정이다. 과연 그녀의 머릿속에 어떤 수가 들어 있기에 저런 표정인지 궁금했다.

둥!

우렁찬 북소리와 함께 비무가 시작되었다.

제갈유아 소저의 검과 진주언가 소협의 주먹이 부딪힐 때마다 냉병기 부딪치는 소리가 들렸고, 불꽃까지 튀었다.

깡-!

까앙-!

주먹이 진짜 강철만큼 단단한가 보네. 어떻게 저런 소리가 나지?

진주언가 소협의 공격은 분명 매서웠지만, 제갈유아 소저의 눈빛은 시종일관 담담했다.

무슨 생각을 하고 있는지 알 수 없는 표정.

그게 진주언가 소협의 불안감을 자극했는지, 그 움직임이 커졌다.

그 말은 즉, 허점을 공략할 기회가 많아진다는 의미.

제갈유아 소저의 검이 허공을 가로질렀고, 진주언가 소협의 급소를 노렸다.

"헉!"

그걸 미처 방어하지 못한 진주언가 소협의 어깨가 찢어지며 피가 뿜어져 나왔다.

그럼에도 그는 포기하지 않고 달려들었지만, 제갈유아 소저는 내 생각보다 더 냉정했다.

빠악―!

공중을 돌며 발로 그 어깨를 차서, 탈골시켜 버린 거다. 피부는 단단하게 만들 수 있었지만, 관절까지는 아니었으니까.

아무리 피부를 단단하게 만들어도 관절까지 단단하게 만들어서는 자유롭게 움직일 수 없다.

제갈유아 소저는 그걸 노린 것이다.

이를 본 심판이 선언했다.

"제갈유아 승!"

"와아아아아!"

사람들의 환호가 이어졌다.

"백략냉검(百略冷劍)! 백략냉검!"

백 가지 전략을 가진, 차가운 검.

이번에 새로 생긴, 제갈유아 소저의 명호이다.

내 이전 삶에서 유강상단주의 호위무사였던 무소옥녀 유아와는 전혀 달라진 삶.

그래, 지금 누리는 이 명예가 원래 제갈유아 소저가 응당 누렸어야 하는 것이었다.

나는 손을 흔들며 사람들의 성원에 응답하는 그녀를 보며 흐뭇한 미소를 지었다.

．
．

오늘, 본선 사 차전에서는 당수빈 소저가 아쉽게도 탈락했다.

당수빈 소저가 부전승을 포기하지 않았다면 오 차전에 진출했겠지.

하지만 당수빈 소저의 한계는 여기까지였다.

자세히 말해서 '독과 암기'를 봉인 당한 당수빈 소저의 한계 말이다.

만약 독과 암기를 사용할 수 있었다면 지금보다 더 순조롭게 더 높이 올라갈 수 있었을 터.

이제 최종 여덟 명이 남았다.

부전승으로 진출한 두 명과, 대결을 통해 승리한 여섯 명을 합쳐서 여덟 명이다.

그리고 드디어 내일, 최종 우승자가 결정된다.

내 이전 삶에서는 하북팽가의 소협이 승리했었다.

아까 하북팽가의 소협이 싸우는 것을 보니, 실력이 상당히 뛰어났다.

난 하북팽가의 소협이 다른 정파의 젊은 후기지수들처럼 보호를 받으며 싸워 온 그런 자가 아님을 알아차렸다.

상당한 실전을 거친 자였다.

그 정도가 되려면 오 년 이상은 강호를 돌아야 가능할 텐데, 어떤 이유로 그런 삶을 살게 되었는지 궁금해졌다.

그나저나 이번에도 하북팽가의 소협이 우승을 차지하려나?

이전 삶과 조금 달라진 부분이 있어서 확신은 못 하겠다.

그날 저녁.

나는 우리 은해상단의 임시상점으로 향했다.

이제 길게 줄을 설 정도는 아니지만, 그래도 손님들의 발걸음은 끊이지 않았다.

"소단주님! 오셨습니까?"

"수고 많으십니다."

상점의 윤 행수에게 운영 상황에 대해서 전해 들었다.

"그럼, 어골분과 석회가루의 재고는 아직 남은 거군요."

"네. 이 정도면 충분합니다."

"더 보충하지 않아도 되겠습니까?"

"예. 더 보충해도 재고가 남으면 가지고 돌아가는 게 힘드니까요. 아시다시피 어골분과 석회가루는 수분에 닿으면 딱딱하게 굳지 않습니까?"

"그렇죠."

그래서 그걸 하자 없이 가지고 오느라 진짜 힘들었지.

그나저나…… 백천상단은 왜 하필이면 어골분과 석회가루로 매점매석을 했는지 모르겠군.

상단에서 어골분과 석회가루를 독점하지 않는 건 보관이나 운송이 까다롭다는 이유도 있었다.

그래서 그때그때 필요한 양만 수급해서 팔아야 했다.

마찬가지의 이유로 무사들도 많은 양을 사지 않았고.

그런 생각을 하며 하늘을 올려다보았다.

우르르릉.

아까부터 하늘이 심상치 않았다. 이거 비가 올 것 같은데?

백천상단이 주변에서 사들인 어골분과 석회가루는 상당히 많다. 그걸 실내에 들여놓지 못했을 터.

아, 어떡하나? 백천상단.

그런데 왜 이렇게 고소하지?

나는 윤 행수에게 말했다.

"이제 이틀 정도밖에 남지 않았습니다. 마지막까지 잘 부탁드립니다."

"여부가 있겠습니까?"

이제 이틀 뒤에 임시상점을 철수한다.

용봉비무회는 내일이면 끝이지만, 그다음 날에 용봉비무회를 통해 탄생한 영웅들을 축하하는 축제가 벌어지기 때문이다.

그리고 그 축제의 날, 가지고 온 모든 물건을 다 팔아버리는 것이 모든 상단의 목표다.

재고품을 가지고 돌아갈 때 드는 운송비도 만만치 않으니까.

나는 객잔으로 발걸음을 향하다가 멈칫했다.

잠깐…….

이번 가을 흉작의 원인 중 하나가 비였었지?

가뭄이 계속되다가 갑자기 쏟아지는 폭우로 인해 벼가 죄다 쓰러져 버렸으니까.

나는 몸을 돌려 다시 임시상단으로 향했다.

"윤 행수님."

"아, 네!"

"비가 올 것 같지 않습니까?"

"안 그래도 한바탕 쏟아질 것 같아서 방수포를 넉넉하게 준비했습니다."

"방수포 정도로는 안 될 것 같습니다."

"걱정하지 않으셔도 됩니다. 원래 가을에는 비가 그렇게까지 많이 오지 않습니다."

"그건 저도 압니다만……."

나는 얼굴을 굳힌 채 말했다.

"명을 내리겠습니다. 지금 당장 물건들을 전부 단단히 포장하여 실내에 들여놓으세요."

"네? 지금 이걸 철수하면, 손해가……."

아직은 저녁, 밤이 깊을 때까지 남은 시간 동안 물건을 팔 수 없어서 손해가 날 거라는 의미다.

하지만 상관없다. 폭우가 쏟아지는데 누가 밖으로 나오겠는가?

"책임은 제가 집니다. 제 지시를 따라 주세요."

내가 강경하게 나오자 윤 행수는 고개를 조아렸다.

"알겠습니다."

그리고 나는 주변의 임시상단의 이들에게도 말했다.

"오늘 밤, 비가 무척 많이 내릴 겁니다. 그러니 지금 물건을 안으로 들여놓으시는 게 좋을 겁니다."

그리고 이필 무사에게 이에 대해 아버지에게 알리라고 했고, 아울러 연준상단과 홍낭상단 등 우리 은해상단에 우호적인 상단에게도 알리라고 했다.

나는 은해상단의 임시상점 옆에 서서 짐을 꾸려 수레에 싣는 것을 지켜보았다.

그 사이, 내 말을 들은 다른 상단의 행수들이 보이는 반응은 대략 반반이었다.

내 말을 무시한 이들도 있었고, 즉시 각 상단주에게 사람을 보내는 이들도 있었다.

그리고 잠시 후, 돌아온 이들의 말을 들은 자들의 반응 역시 반반이었다.

내 말대로 짐을 챙기는 이들 중에는, 은해상단 임시상점 맞은편에 있는 팔인약방도 있었다.

양진수 행수가 나를 보며 고개를 끄덕이자, 나도 마주 고개를 끄덕여 주었다.

오늘 비가 엄청 온다는 것을 주변 상단에 알린 건 몇 가지 이유가 있었다.

첫째로, 주변 상단들에게 욕을 먹지 않기 위해서다. 비가 온다는 것을 알면서도 왜 알려 주지 않았느냐는 욕을 먹으면 그것대로 곤란하니까.

둘째로, 팔인약방 때문이다.

그곳은 내 숨겨진 돈주머니다. 그런 곳이 손해를 보게

할 수는 없으니까.

셋째로, 내 말의 공신력을 높이기 위함이다.

내 말대로 짐을 싼 이들은 손해를 면했으니, 나에게 무척 고마워하며 앞으로도 내 말을 믿을 것이다.

내 말을 무시하고 짐을 싸지 않은 이들은 이번에 제법 큰 손해를 보게 될 터.

그리고 생각할 거다. '이럴 줄 알았으면 은서호 소단주의 말을 들을 것을 그랬네. 앞으로는 은서호 소단주의 말을 들어야겠다'라고.

* * *

남궁강 상단주는 요즘 심기가 아주 불편했다.

그가 계획한 대로 일이 풀리지 않았기 때문이다.

매점매석하여 어골분과 석회가루를 열 배의 가격으로 팔려고 했다.

비무회에서 상처를 입고 죽지 않으려면 그게 있어야 하니, 잘 팔렸어야 하는데…….

"완전 날강도들이네?"

"그러게……."

"상도덕도 없는 놈들!"

욕만 뒈지게 처먹었다.

은해상단이 어떻게 구했는지 어골분과 석회가루를 기존가에 팔았기 때문이었다.

그렇다면 은해상단의 물건을 없애면 되는 일!

사람을 투입하여 그 물건을 사 오게 하려고 했지만, 줄이 너무 길어서 여의치 않았다.

그다음으로 생각한 방법은 그 물건이 보관된 창고에 불을 지르는 것이었다.

물론 직접 나서지는 않았다. 용봉비무회 때문에 널린 것이 무사들이었으니.

그래서 자신의 심복을 시켜서 일을 의뢰하게 했다.

물론 처음에는 팔짝 뛰었지만, 거액의 돈을 흔들자 의뢰를 받아들였다.

그런데…… 실패했다.

그리고 대체 어떻게 알았는지 낙양에는 '백천상단이 은해상단의 창고를 불태우려 했다'라는 소문이 돌기 시작했다.

'이는 분명 두석이 놈이 실수를 했든지, 아니면 이 일을 다른 자에게 말했음이 분명하다!'

남궁강 상단주의 심복 중 하나인 두석은 자신의 짓이 절대 아니라고 부인했다.

하지만 의심이라는 건 한 번 싹이 트기 시작하면 쉽게 사라지는 것이 아니다.

후두둑.

그때, 하늘에서 빗방울이 떨어지기 시작했다. 그것도 제법 굵은 빗방울.

이에 행수들은 난리가 났다.

비가 조금밖에 오지 않을 거라고 생각했는데 생각보다 엄청 쏟아졌기 때문이다.

원래 가을쯤에는 강수량이 적은데, 그런 예상이 빗나간 것.

배수가 안 되어서 물이 발목까지 차오를 정도였다.

그래서 방수포만 씌워 놓은 물건을 건물 안으로 들여놓기 위해 동분서주했다.

"이런 젠장! 이제 비가 그칠 때도 됐잖아!"

"야! 이 새끼들아! 얼른 안으로 들여놔! 어골분이랑 석회가루는 물에 닿으면 못 쓴단 말이다!"

"그거 망가지면 너희는 죽을 줄 알아!"

남궁강 상단주는 속이 부글부글 끓었다.

그때 한 행수가 말했다.

"화를 가라앉히십시오. 생각해 보면 이 비를 예상하지 못해서 손해를 본 건 은해상단도 마찬가지일 겁니다."

"하긴, 그렇겠지."

"하지만 저희는 제법 많은 양을 보유하고 있기에 절반 이상을 건졌습니다. 하지만 이 비에 저들이 가진 어골분과 석회가루는 대부분 못 쓰게 되었을 겁니다."

그 말에 남궁강 상단주는 화를 가라앉히며 눈을 빛냈다. 손해를 만회할 기회였다.

"하늘이 우리를 돕는군! 어골분과 석회가루, 가격을 열다섯 배를 받아도 팔아도 팔리겠지?"

* * *

객잔 밖을 내다보자, 예상대로 비가 억수같이 쏟아지고 있었다.

윤 행수는 나를 보며 감탄했다.

"비가 이렇게 많이 내릴 것은 어찌 아셨습니까?"

사실대로 말할 수 없기에 적당히 둘러댔다.

"서책에서 본 적이 있습니다. 비가 많이 내릴 때의 징조 같은 거 말입니다."

"후, 소단주님의 말대로 미리 철수하기를 잘했습니다. 안 그랬다면…… 어휴! 생각만 해도 아찔합니다."

그는 고개를 절레절레 흔들며 십 년 감수했다는 표정을 지었다.

그때 우리와 같은 객잔에 머무는 상단의 상단주께서 웃으며 거들었다.

"나도 고맙네. 우리도 자네의 말을 들은 덕분에 살았어. 자칫했다가는 상당한 손해를 볼 뻔했네."

광서성의 진서상단의 상단주 진윤.

진서상단의 '진서'는 상단을 창단하신 고조부의 이름이라고 한다.

이번 상단 순위에서 팔십구 위에 오른 상단으로, 사탕을 주력 상품으로 다루고 있다.

사탕 역시 어골분과 석회가루 못지않게 수분에 약한 물건.

그렇기에 우리의 조언을 받아들여서 다행이라면서 안도하고 계신 거다.

사실, 어골분과 석회가루만큼이나 사탕 역시 잘 팔리는 품목이다.

내공이 쌓일수록 움직이는 데 힘이 덜 들지만, 그렇다고 해도 무공을 쓰기 위해서는 몸을 많이 움직여야 한다.

근육을 계속해서 쓰다 보면 본능적으로 단 것을 찾게 되고, 특히나 긴장한 상태에서 전력을 다해야 하는 비무의 경우 더더욱 단 음식이 인기가 많다.

"그나저나, 비가 언제 그칠지 걱정이구나."

아버지의 말씀에 모두 고개를 끄덕였다.

내가 조심스럽게 말했다.

"제가 볼 때 내일 아침에는 그칠 듯합니다."

사실, 비가 내리는 시간은 그리 길지는 않다. 짧은 시간 동안 많은 비가 내렸다는 것이 문제다.

그래서 배수가 제때 되지 않아서 물이 발목까지 차올랐을 정도다.

사실, 이 객잔에도 물이 찰 뻔했지만 내 조언을 받은 객잔 점소이들이 서둘러 나무판자를 구해서 문 앞에 물막이를 설치한 덕분에 침수되는 일을 막을 수 있었다.

지금 우리 앞에 놓인 음식이 감사의 표시로 객잔주가 제공한 음식들이다.

안 그러셔도 되는데.

그래도 이왕 주신 음식이니, 맛있게 먹었다.

．
．
．

다음 날, 아침.

비가 그쳤고, 사람들은 간밤에 내린 폭우로 인해 망가진 것들을 보수하고 있었다.

하지만 이미 어젯밤 임시상점을 철수했던 우리 은해상단을 비롯한 몇몇 상단은 천막만 다시 펼치면 되었기에 일이 훨씬 수월했다.

그때 한 상단의 행수가 우리에게 다가와 말했다.

"우리는 이만 철수하기로 했네."

"벌써 말입니까?"

내 말에 그는 쓴웃음을 지었다.

"간밤에 내린 비로 인해 찻잎이 망가져서 말이지."

"……."

"이럴 줄 알았으면 어제 자네의 말을 들을 것을 그랬네. 자네의 말을 믿지 않아서 미안하네."

"그럼 비무회는 보지 않으시는 겁니까?"

"아닐세. 그건 봐야지. 오늘이 결승 아닌가?"

그는 그렇게 인사를 하고는 다시 철수하고 있는 상점으로 돌아갔다.

주변에서 내 말을 듣고 손해를 면한 이들은 다시금 내게 감사의 눈빛을 보냈다.

그때 팔갑이 돌아왔다.

잠시 주변 상단들의 상황을 보고 온 것이다.

"도련님, 다녀왔습니다요."

"그래, 상황은 어때?"

"철수하는 상단이 반이고, 건진 물건이라도 팔려고 하는 분들도 있고…… 뭐 그렇습니다요."

"그렇구나."

"그런데 말입니다요."

"……?"

팔갑이 어이가 없다는 표정으로 말을 이었다.

"백천상단에서 어골분과 석회가루를 파는데, 그 가격이 좀 올랐습니다요."

"건진 게 좀 있었나 보네. 그런데 얼마에 팔기에 가격이 올랐다는 거야?"

"기존 가격의 열다섯 배입니다요."

"뭐? 열다섯 배?"

내 말에 주변에 있던 이들이 반응을 보였고, 어이가 없다는 듯 웃었다.

나도 웃지 않을 수가 없었다.

열다섯 배? 미친 건가?

.

.

.

폭우로 인한 피해를 복구하느라 좀 늦어지긴 했지만, 용봉비무회는 예정대로 진행되었다.

우리는 비무장으로 향했고, 그곳에서 만난 광준상단의 상단주는 우리에게 감사 인사를 했다.

"은 상단주의 언질이 큰 도움이 되었소이다. 덕분에 제품들이 상하지 않을 수 있었소."

"같은 상단 사이에 서로 돕고 살아야지요. 하하하."

"전에는 내 아들의 목숨을 살리더니, 이번에는 우리 부부의 목숨을 살리고 게다가 손해를 면하게 해 주었으니 내가 어찌 이 은혜를 갚아야 할지 모르겠네."

"은혜라니요? 별말씀을 다 하십니다."

대화를 나누는 아버지와 광준상단주를 보며 나는 흐뭇한 미소를 지었다.

이렇게 우리 은해상단에 우호적인 상단이 늘어갈수록, 우리 은해상단의 위상이 높아지고, 안전해질 거다.

내가 이번 일을 진행한 건 현재 남궁강 상단주는 윗선의 눈치를 보며 몸을 사려야 하기 때문이다.

게다가 나는 저번 일로 인해 영웅으로 추앙받고 있다. 그런 상황에서 어찌 나와 은해상단을 건드릴 수 있을까?

그렇기에 미운털이 박힐 것을 알면서도 이번 일을 진행한 것이다.

그때 진행자가 나왔다.

"오늘! 드디어 오늘! 이 무림의 새로운 젊은 영웅이 탄생합니다. 치열한 경쟁을 뚫고 올라온 여덟 명의 후기지수들을 소개합니다!"

비무대 위에 올라온 이들 중에 제갈유아 소저가 있었

다. 그녀는 나를 보고 손을 흔들었다.

이에 사람들은 더 크게 환호했지만, 나는 그녀가 왜 손을 흔들었는지 알기에 미소 지으며 고개를 끄덕였다.

그들은 비무대 위에서 내려가면서 대진표를 뽑았다.

대진표를 매번 뽑는 건 이번 오 차전이 마지막이다. 이후부터는 부전승 같은 게 없기에 이번에 뽑은 숫자에 맞춰 붙게 된다.

오 차전이 끝나면 남은 이들은 네 명뿐이니, 사실상 의미가 없기도 하고.

"첫 번째 비무는……."

그렇게 비무가 시작되었다.

다들 실력자들만 남아서 그런지 비무는 생각보다 오래 걸렸다.

손에 땀을 쥐게 하는 아슬아슬한 비무가 대부분이었고, 전신에 상처를 입었음에도 끝까지 포기하지 않아 결국 심판이 중지시킨 경우도 몇 있었다.

점심을 먹은 후 다시 비무가 이어졌고, 오 차전 비무가 끝났다.

곧 이어서 육 차전 비무가 시작되었다.

네 명 중 두 명만이 남는 비무.

제갈유아 소저의 육 차전 상대는 생각보다 강했기에, 그녀는 제법 고전했다.

하지만 침착하게 수 싸움을 이어 간 끝에, 간신히 승기를 잡을 수 있었다. 간발의 차이로 상대방을 장외로 탈락시켜서 승리한 것이다.

"승자는, 제갈유아!"

"와아아아아!"

"이거, 제갈세가의 역사가 새로 쓰이겠구려."

"그러게 말이오."

제갈세가를 일컬어 사람들은 신기제갈이라 한다.

그 말은 즉, 머리가 좋다는 의미이지만, 무공은 약하다는 의미로도 해석할 수 있다.

그리고 지금까지 제갈세가의 사람 중에서 본선 삼 차전 이상 올라온 자가 없다고 했다.

하지만 이번에 이변이 일어났다.

제갈세가의 자제가, 최종 결승까지 올라온 거다.

저쪽을 보니, 제갈세가의 태상가주님께서는 좋아서 어쩔 줄 몰라 하셨다.

지략과 무공을 겸비한 인재의 탄생이다.

비무회의 열기가 점점 더 뜨거워졌다.

관람객들이 너무 흥분한 것도 좀 가라앉고, 치열하게 싸운 두 승자가 쉬어야 할 필요도 있기에 반 시진의 휴식 시간이 주어졌다.

"제갈 소저에게 안 가 보셔도 됩니까?"

이필 무사의 물음에 나는 고개를 저었다.

"제가 가면 오히려 방해가 될 겁니다."

"하지만, 모르는 분도 아니고……."

"제가 일개 상단의 소단주였다면 당연히 응원하러 가

겠죠. 하지만 저는 저번 일로 인해 모두의 주목을 받는 영웅이 되었잖습니까?"

"아!"

이필 무사는 고개를 끄덕였다.

"그렇군요. 이해했습니다."

제갈유아 소저 정도라면 이런 상황을 모를 리 없으니, 서운하게 생각하진 않을 거다.

그렇게 휴식 시간이 지나고, 드디어 최종 결승이다.

아까보다 한풀 꺾였지만, 그래도 사람들은 열광적으로 두 사람을 응원했다.

최종 결승에서 맞붙게 된 이들은 제갈유아 소저와, 하북팽가의 소협이다.

둥!

북소리가 울렸고, 두 무인의 비무가 시작되었다.

천천히 비무장 위를 돌면서 서로의 빈틈을 찾기 시작했다.

나는 솔직히 팽 소협을 보며 속으로 감탄했다.

보통은 어린 여자가 상대가 되면 노골적으로 비웃거나 업신여기기 마련이다.

노골적이지 않더라도, 그 마음이 은연중에 드러날 수밖에 없었다.

하지만 팽 소협은 달랐고, 처음부터 신중한 눈빛이었다. 역시 내 생각대로 그가 수많은 실전을 거쳤음을 알 수 있었다.

무림의 격언 중에는 이런 말이 있다.

무림에서는 아이와 여자, 그리고 노인을 조심해라.

그 말은 즉, 약해 보이는 이들이 실제로는 엄청난 고수일 수 있다는 의미다.

순간, 두 무인의 도와 검이 격돌했다.

까앙-!

이어진 비무는 조금도 눈을 뗄 수 없게 했다. 한 치 앞도 예상할 수 없는 팽팽한 접전.

한 번 붙을 때마다 일각 이상 공방을 이어 가다 보니, 두 무인 모두 급속도로 지쳐 갔다.

비무가 길게 이어질수록, 정신력 싸움이 승부를 가른다.

만약 정신력 역시 서로 비등하다면?

그땐 실전 경험이 많은 이가 유리하다. 싸움에서 실수가 없을 리 없었고, 실전에서는 실수를 어떻게 만회하느냐가 중요했으니까.

지금처럼.

제갈유아 소저의 발이 살짝 미끄러졌다. 나무가 간밤에 내린 비를 머금으면서 나무 진액으로 인해 미끄러운 부분이 있던 탓이다.

팽 소협은 이를 놓치지 않았다.

순간적으로 뒤에 발을 걸어 균형을 잡지 못하게 했고, 제갈유아 소저는 뒤로 넘어지고 말았다.

그리고 그녀의 목에 겨누어진 도.

제갈유아 소저는 한숨을 내쉬며 말했다.

"졌습니다."

그렇게 최종 승자가 결정되었다.

"와아아아아!"

그런데 방금, 팽 소협이 넘어지는 제갈유아 소저의 머리 쪽에 발등을 댄 것 같은데?

머리를 보호해 주기 위해서라고밖에 할 수 없었다.

그는 손을 내밀어 제갈유아 소저가 일어나기 쉽게 해주었다.

제법 배려도 있고 예의도 바른 사람이네?

진행자가 나와 최종 승자를 호명했다.

"제삼십육회 용봉비무회의 최종 승자는 팽강운 소협입니다!"

"와아아아아!"

"준우승은 제갈유아 여협!"

"잘 싸웠다!"

"장하다!"

관람객들은 준우승한 제갈유아 소저에게도 아낌없는 환호를 보내 주었다.

.

.

.

다음 날, 아침부터 축제가 시작되었다.

용봉비무회의 우승자와 준우승자는 지붕이 없는 마차

를 타고 무림맹 근처를 한 바퀴 돌았다.

화려한 옷을 입고 마차에 올라서서 모두에게 손을 흔드는 그들의 모습에 사람들은 다시 한번 환호했다.

그날 오후, 무림맹에서 연회가 열렸다.

임시상점을 열었던 이들에게는 그 연회에 참석할 수 있는 자격이 주어진다.

이 역시 상단들이 많은 돈을 내면서도 임시상점을 내는 이유 중 하나다.

연회에 참석해야 이번 용봉비무회에서 큰 활약을 펼쳤던 이들에게 쉽게 접근할 수 있었기 때문이다.

용봉비무회의 본선 일 차전 승자인 쉰네 명까지 연회 참석 자격이 있었는데, 내가 볼 때 이미 매승을 눈치채고 후기지수라 불릴 자격이 있는 이들에게만 연회 참석 자격을 준 듯했다.

나는 먼저 향옥 누님에게 다가갔다.

"누님, 수고 많으셨습니다."

"너도 수고 많았어."

"내일 돌아가시는 겁니까?"

내 물음에 누님이 고개를 끄덕였다.

"응! 가서 수련 빡세게 할 거야! 으! 분해!"

아깝게 졌던 게 아직도 분이 안 풀리시는 모양이었다.

나는 얼른 인사를 남기고 물러났다.

어떤 이유로든, 화가 나 있는 누님은 상대하기 진짜 힘들거든.

그 사이 아버지께서는 팽강운 소협과 제갈유아 소저에게 축하 인사와 함께 지원에 대한 이야기를 하고 오셨다.

물론 수많은 이들이 줄지어 서 있는 상황에서 심도 있는 이야기는 할 수 없는 법.

하여 나중에 방문하기로 하고 물러나셨다.

"제갈세가와 사천당가 분들께는 인사했느냐?"

"아까는 사람들이 너무 많아서 다가가지도 못했습니다. 이제, 인사하러 가야죠."

그렇게 밤은 깊어 갔다.

.

.

.

다음 날 아침, 우리는 분주하게 짐을 꾸렸다.

이제 본단으로 돌아가야 할 시간이니까.

특히 아버지와 어머니께서는 오랫동안 본단을 비우셨으니, 더 이상 지체할 수 없었다.

그래도 보고 싶었던 용봉비무회를 보셔서인지 어머니의 표정은 무척 밝으셨다.

"신세 많이 졌습니다."

"아닙니다! 다음에 또 찾아 주십시오!"

마지막으로 객잔의 점소이들과 객잔주에게 인사를 한 우리는 호북성의 본단으로 출발했다.

북경의 일도 있긴 했지만, 그래도 오랫동안 보지 못했던 가족들에게 얼굴을 비춰야지.

그리고,

이번에 새로 거둔 명종 무사와 창운 무사는 정식으로 내 호위로 활약하기 전에 은풍대에서 훈련을 받아야 했으니까.

저번에도 그랬지만, 이번 낙양행을 통해서도 생각지 못한 것들을 많이 얻었다.

우선, 명종 무사와 창운 무사라는 두 명의 앞날이 창창한 일류 무사.

그리고 영웅이라는 칭호와 그 칭호를 받아들이는 대가로 맹주가 주기로 한 것들.

백천상단이 뻘짓을 하는 바람에 얻은 은해상단에 대한 신뢰 등등.

아, 생각만 해도 배부르네.

그런 생각을 하며 옆을 보니, 팔갑이 서책을 보고 있었다.

"웬 서책이야?"

"아, 이거 말입니까요?"

[삼십육회 용봉비무회 신진 영웅들]이라는 제목이다.

"따끈따끈한 신간입니다요. 그리고 여기에 도련님이랑 서우 무사님의 이름도 있습니다요."

"……"

젠장, 저건 생각 못 했다.

(은해상단 막내아들 13권에서 계속)

성상현 신구협 장편소설

回生武士

『백면야차는 죽어야 한다』

『바바리안』,『망향무사』성상현의 자신작!

『회생무사』

마교 부교주, 백면야차(白面夜叉)의 직속 수하이자
무림맹의 간자로서 활동했던 장평

토사구팽의 위기에서
회귀의 실마리를 잡게 되었지만

"모든 비밀은 마교 안에 있다."

다시 찾은 약관의 나이
진정한 의미의 새로운 삶을 찾아가기 위해서는
백면야차의 죽음만이 필요할 뿐이다.

새로운 시대의 영웅이 된 장평
평온한 삶을 추구하는 한 남자의 복수극이 시작된다!